과
잉

무
지
개

김용재   장편소설

과잉 무지개

자음과모음

차례

과잉 무지개
7

마음과 마음
13

보통의 가치
43

이별의 뒷면
71

아주 긴 여행
87

각자의 방식
105

새로운 시작
143

마지막 선물
163

나를 부르는 이름
197

작가의 말
203

과잉 무지개

어떤 기억은 시간이 지난 뒤에야 선명하게 남는다. 내게는 여섯 살 여름, 그날이 그렇다. 마치 꿈을 꾼 것처럼 희미하게 느껴지던 기억은 해를 거듭할수록 선명해져갔다.

장마가 시작되자 비가 내리고 그치기를 수없이 반복하는 날들이 이어졌다. 비 맞기를 좋아하던 나는 틈날 때마다 엄마의 손을 붙잡고 밖으로 나가자며 졸라댔다. 엄마는 감기에 걸리면 어쩌려고 그러냐며 늘 나를 말렸지만, 이내 못 이기는 척 우비를 입혀주곤 했다. 노란색 장화를 신고, 개구리가 그려진 초록색 우산을 쓰고, 공룡이 그려진 투명 우비를 입으면 나는 세상 그 무엇도 부럽지 않았다. 마치 세상에서 제일 멋있고 우주에서 가장 행복한 사람이 된 기분이었다.

비 오는 날의 놀이터에는 아무도 찾아오지 않았다. 그래서 마음껏 물웅덩이에 발을 담그고, 미끄럼틀을 연속으로 몇 번이나 오르내리고, 시소의 양쪽을 번갈아가며 올라탈 수 있었다. 엄마는 친구들도 없는데 뭐가 그렇게 재밌냐고 묻곤 했지만, 그때마다 나는 모든 게 다 좋다며 활짝 웃었다.

내게 허락된 시간은 최대 삼십 분. 우리의 약속이었다. 비 오는 날 바깥으로 나가는 것을 허락한 대신 시간은 길지 않게. 놀이터에서 놀다 이따금 고개를 돌려 엄마를 찾을 때면, 엄마는 늘 같은 위치에 서서 나를 바라보며 미소 짓고 있었다. 그리고 머지않아 시계도 차지 않은 왼쪽 손목을 가리키며 집에 갈 준비를 해야 한다고 입 모양으로 말했다.

놀이터에 오래 머무르고 싶은 마음이 굴뚝이었지만, 어린 나도 그 정도는 알았다. 약속은 곧 신뢰고, 사람 사이에 신뢰는 아주 중요하다는 것. 이다음에도 놀러 나오고 싶다면 시간을 지켜야 하는 것.

장화에 묻은 흙을 발끝에 달라붙은 아쉬움과 함께 탈탈 털어내며 발걸음을 옮기려고 할 때였다. 어느새 비가 그친 하늘 사이로 무지개가 나타났다.

"엄마 저것 봐, 무지개야. 유치원에서 알려줬어. 빨간색, 주황색, 노란색, 초록색, 파란색, 남색, 보라색."

엄마는 대견하다는 듯 나의 머리를 쓰다듬으며 말했다. 저 무지개 끝에는 맛있는 것, 좋은 것, 예쁜 것이 있다고. 언젠가 엄마가 내 곁을 떠나면 그곳에서 기다리고 있을 거라고. 사랑하는 사람들이 모여 행복하게 살고 있을 거라고.

어린 나는 엄마의 말을 이해할 수 없었다. 엄마가 떠난다는 것이 무슨 뜻인지 몰랐다. 그저 장난감과 맛있는 간식이 잔뜩 있을 거라 상상했고, 그것들을 얻고 싶은 마음이 전부였다. 그래서 하루빨리 저 끝에 가고 싶다는 말만 반복하며 무지개를 가리켰다.

그런데 신기한 광경이 펼쳐졌다. 여러 개의 무지개가 줄지어 하늘을 수놓고 있었다. 깜짝 놀라 엄마에게 저게 뭐냐고 묻자 엄마는 미소 지으며 말했다.

"준재야, 저건 행복한 사람에게 보이는 무지개란다. 네가 행복이 많아 무지개도 여러 개가 보이는 거야."

엄마의 말에 괜히 어깨에 힘이 들어갔다. 내가 정말 행복한 사람이구나, 생각하며 흡족해했다.

하지만 그날이 처음이자 마지막이었다. 여러 개의 무지개를 마주한 것은.

훗날 알게 됐다. 그 무지개는 내가 행복한 사람이라서, 특별한 사람이라서 볼 수 있던 게 아니었다. 그저 무지개가 여러 개 나타나는 '과잉 무지개' 현상에 불과했다. 그리고 무지개의 색은 일곱 가지가 아니었다. 엄밀히 따져 말하자면 수백 가지의 색을 담고 있다.

성장하고 배우며 모르던 것을 알게 되는 일은 당연하다. 그럼에도 불만스럽게 이를 늘어놓는 이유는, 지금의 내가 행복하지 않기 때문이다. 행복함과 무지개가 연관이 없다는 것을 이제는 알지만, 어쩐지 마음 깊은 곳에는 미련이 있는 듯하다. 그래서 이런 예상도 할 수 있다.

나는 앞으로 영영 무지개를 볼 수 없을 것이다.

마음과 마음

"정부는 전년 대비 청년 자살률이 급격히 증가했으며, 이는 최근 오 년간 계속 갱신되고 있다고 발표했습니다. OECD 회원국 중 자살률 1위라는 불명예 타이틀을 두고 청년 복지를 위한 대책을 마련해야 한다는 목소리에 정부는 현재의 문제점에 대해 심각히 받아들이고 있으며 각계각층의 전문가들과 긴밀히 협조하여 대책 마련에 힘쓰겠다고 전했습니다. 그러나 일각에서는 보여주기식 탁상행정으로는 근본적인 문제점을 고칠 수 없다는 우려를 내비치고 있습니다."

텔레비전을 끄자 방 안 가득 적막이 밀려왔다. 냉장

고의 모터 소리가 유난히 크게 들렸다. 몇 년 전까지만 해도 자살하는 것은 나로서 이해할 수 없는 범위의 일이었다. '자살'을 거꾸로 말하면 '살자'가 되는 것처럼, 죽을 용기가 있다면 그 힘으로 살아야 하는 게 아닐까 생각했다.

지금은 뭐랄까. 이렇게 말하는 나 자신이 한심하게 느껴지지만, 죽는다는 게 그리 나쁜 것만은 아닐지도 모르겠다는 생각을 자주 한다. 하지만 죽을 용기조차 없는 나에게 그런 생각은 사치처럼 느껴졌다.

인터넷 검색창에 자살을 입력하자 '당신은 소중한 사람입니다'라는 문구가 나타났다. 소중하다는 것은 귀중하다는 것을 의미한다. 귀하고 중요하다……. 나라는 존재가 그런 의미에 부합한지 알 수 없었다. 너무 과분해 보여 나를 가리키는 말이 아닌 것 같았다.

관련 기사들을 찾아 읽고, 같은 마음을 품었던 이들의 글을 자꾸 찾아봤다. 이런 짓이 쓸쓸하기도, 우습기도 했다. 그리고 정말 죽고 싶어서 이러는 건 아닐지도 모른다고 생각했다. 어쩌면 죽음에 가장 가까이 다가가 죽음으로부터 가장 멀어지고 싶은 알 수 없는 마음일지도.

어젯밤에도 어김없이 자살에 관련된 글을 찾다가 우연히 이상한 글을 보게 됐다.

삶을 포기하고 싶지만 그럴 용기조차 없는 분들에게.

당신의 죽음이 헛되지 않도록 도와드립니다. 비용을 요구하지 않습니다. 죽음 이후 벌어질 부담스러운 상황들도 완벽히 처리해드리겠습니다. 삶에서 당신의 흔적을 지우고 조용히 사라지고 싶다면, 아래의 사이트에 접속하세요.

무언가에 홀린 듯 사이트 링크를 누르자 검은색 배경의 화면이 떠올랐다. 화면 중앙에는 하얀 입력 칸이 있었고, 휴대폰 번호나 이메일 주소를 입력하면 연락하겠다는 짧은 문구가 적혀 있었다. 그리고 우측 하단에 빨간색 글씨로 이런 문구도 있었다.

본 화면은 오 분 뒤 자동으로 새로고침 되어 사라지며, 사이트 주소는 수시로 바뀌고 있습니다.

자연스럽게 휴대폰 번호를 입력하려다 손짓을 멈추었다. 심장이 쿵쾅거리는 게 느껴졌다. 다시 손가락을 움직이다 또다시 멈추기를 반복했다. 말도 안 된다고 생각하면서도, 번호를 입력하는 순간 죽게 되는 건 아닌지 겁이 났다. 그러다 오 분이 지났는지 사이트는 새로고침 되어 사라졌다.

나도 모르게 깊은 한숨을 내쉬었다. 몰려오는 안도감 때문에 잠시간의 두려움이 꽤 컸음을 깨달을 수 있었다. 곧장 이불 안으로 머리를 집어넣고 잠을 청했다.

다음 날, 지난밤의 일이 마치 꿈이었던 것처럼 달라진 것 없는 하루가 시작되었다. 방 안은 청소한 게 언제였는지 기억나지 않을 정도로 지저분했다. 깔끔한 사람이라 자부했는데, 어느새 이렇게나 달라져버렸다.

커튼을 걷자 방 안으로 햇살이 가득 들어왔다. 눈살을 찌푸리며 다시 커튼을 쳤다. 순식간에 햇살은 사라지고 말았다. 멍하니 천장을 바라보기를 몇 시간, 책상 위에 올려둔 휴대폰 진동이 울렸다. 휴대폰 화면에는 낯선 번호가 떠 있었다. 평소라면 거절 버튼을 눌렀을 텐데 이상하게 받아보고 싶었다. 아무 생각 없이 통화 버튼을 눌렀다.

"연락을 드린 목적은 아주 간단합니다. 지난밤 사이트에 접속하셨습니까?"

다짜고짜 이게 무슨 말인지 이해가 되지 않았다. 몇 초간의 정적이 흐르고 수화기 너머에서 다시 목소리가 들렸다.

"다시 한번 질문드리겠습니다. 죽고 싶지만 용기가 없으십니까?"

그제야 알 수 없는 질문이 무엇을 뜻하는지 알게 됐다. 하지만 곧바로 의아해졌다.

"제가 사이트에 접속을 하기는 했는데요. 근데 번호는 남기지 못했어요. 다 적기 전에 화면이 사라져서요. 그런데 어떻게……."

번호를 적지 못한 게 화면이 사라졌기 때문만이 아니었지만, 이상하게 그렇게 말이 나왔다. 입력도 하지 않은 내 번호를 어떻게 알고 전화를 한 건지 궁금했지만, 상대방은 내 말에 답하는 대신 자신의 말을 이어 갔다.

"여전히 죽고 싶지만 망설여진다면 보내드리는 문자메시지를 보고 저희를 찾아오십시오."

그 말을 끝으로 전화가 끊어졌다. 잠시 후 전송된 문자메시지의 내용을 몇 번이나 읽고 또 읽었다.

산다는 건 때때로 죽는 것보다 더욱 비참한 일일 수 있습니다. 그렇기 때문에 우리 단체는 한 사람의 삶을 마감하는 것에 대해 진정성 있는 자세로 접근합니다. 더 이상 죽음을 앞에 두고 고민하지 마십시오. 하나뿐인 삶의 마무리를 의미 있게 만들어드리겠습니다. 이를 원하신다면 아래 주소를 찾아가 그곳에 비치된 공중전화에서 '611'을 입력해주십시오.

누군가 내게 장난을 치고 있는 건 아닐까 싶었지만, 한편으로는 이렇게 비참하게 삶을 유지하는 것보다 진짜 의미 있게 삶을 마무리하는 게 더 나은 선택이라는 생각이 들었다. 무엇보다 지금의 나로서는 죽는 방식 따위는 아무 의미가 없었다. 내 삶을 바라는 이도, 내 죽음을 슬퍼할 이도 없는 게 현실이었다.

결심이 섰고, 곧장 벽면 한쪽을 바라봤다. 며칠 전

행거를 고정하던 나사가 고장 나 수평이 맞지 않는 게 보였다. 옷들이 전부 한쪽으로 기울어져 있었지만 상관없었다. 걸린 옷이라고는 고작 몇 벌이 전부였으니까. 그중 가장 마음에 드는 옷을 꺼내 들었다. 회사 면접을 준비하던 당시 엄마가 사주었던 여름 재킷이었다. 죽을 때 죽더라도 초라한 모습이고 싶지 않았다. 거울에 비친 내 모습은 초췌했다. 생기라고는 조금도 찾아볼 수 없었다. 생각해보니 몇 달만인 것 같았다. 거울 속 나를 바라보는 것도, 외출을 위해 옷을 챙겨 입는 것도.

현관문을 열고 나가는 것조차 두려움으로 다가왔다. 사람들을 피해 늘 늦은 밤이나 새벽에 외출해왔다. 길거리의 사람들이 나를 한심하게 쳐다보진 않을까, 손가락질하며 욕하진 않을까 걱정했기 때문이다. 그러나 나의 우려와는 다르게 아무도 나의 존재를 신경 쓰지 않았다. 그게 다행이면서도 허무했다.

걸어가는 동안 지저귀는 새소리가 들렸다. 시원한 바람이 볼에 닿자 어색함에 어깨를 옴츠렸다. 괜스레 떨리는 마음으로 문자메시지에 적힌 주소를 한 번 더 확인했다. 예상되는 이동 시간은 한 시간. 지하철을 타고 내려 버스로 갈아탄 뒤 십 분은 더 걸어야 도착하는 곳이었다. 목적지의 정보라고는 어느 오래된 언덕배기 동네라는 것뿐이었다.

출퇴근 시간이 아닌데도 지하철 내부에는 많은 사람이 있었다. 빈 좌석이 없어 한쪽 벽 근처에 자리를 잡았다. 시선은 바닥에 고정했다. 역을 하나씩 지날 때마다, 도착지와 조금씩 가까워질 때마다 마음엔 무거운 추가 하나씩 늘어나는 것 같았다.

듣지 않으려 해도 들려오는 사람들의 대화 소리에서는 즐거움이 느껴졌다. 다들 무엇이 그렇게 행복하길래 웃음을 짓는 건지 궁금했다. 그리고 순간적으로, 그렇게 할 수 없는 나 자신이 원망스러웠다.

어째서 스스로 택한 죽음으로써 삶을 마무리하려는 걸까. 나도 잘 살고 싶었다. 그저 보통 사람처럼 지내고 싶었다. 그런데 왜, 어쩌다 이렇게 되어버렸을까. 속상한 마음에 마음속으로 묻고 또 물었지만 아무런 대답이 돌아오지 않았다. 이어지는 질문의 끝에는 공허함만이 가득했다. 이제 와서 이런 생각들이 다 무슨 소용이냐며 스스로를 다독이자 마음이 차츰 진정됐다.

끝까지 포기하지 않는다면 그것은 실패가 아니라는 말이 있다. 하지만 인생에서 중요한 건 포기하지 않는 것과 반대로 포기할 줄 아는 마음이었다. 두 가지 사이에서 나는 포기를 선택했을 뿐이다.

한강 철교가 나타나자 시선은 창밖으로 향했다. 유난히 맑은 하늘과 햇살에 비쳐 반짝이는 한강의 물결은, 이제는 돌아갈 수 없는 평범한 날들을 떠올리게 만들었다. 그때 안내 방송이 들렸다. 내려야 할 역이 다음 역이라는 안내였다. 떠오르던 생각들을 누르고, 휴대폰의 지도 앱을 열었다.

지도를 따라 지하철역에서 벗어나 버스 정류장으로 이동했다. 정류장에서 버스를 기다리는 동안 등 뒤에서 누군가 말을 걸어왔다. 고개를 돌리자 할머니 한 분이 고속터미널에 가려면 뭘 타야 하냐고 내게 물었다. 고개를 가로저어 모른다는 의사를 내비치고는 말을 하지 않았다. 그러자 할머니가 나를 가만히 올려다보더니 말없이 고개를 돌려 근처의 다른 사람에게 다가가 같은 질문을 했다.

마침 타야 할 버스가 도착해 올라탔다. 창가 자리에 앉아 방금 전까지 서 있던 정류장을 바라봤다. 할머니가 여전히 아까 그 사람과 대화하고 있는 모습이 보였다. 처음 보는 게 분명한 두 사람이 서로 마주 보며 웃고 있었다. 나는 고개를 돌리고 눈을 감았다.

버스는 큰 도로를 벗어났다. 점차 빌딩들이 사라지고 오래된 집들이 보이기 시작했다. 구불구불한 길의 끝에 서자 버스의 시동이 꺼졌다. 버스 기사는 자리에서 일어나 좌석을 한번 훑어본 뒤 버스에서 내렸다. 버스 안에 남아 있던 사람은 나 혼자뿐이었다. 성급히 버스에서 내리자 재개발 관련 현수막들이 보였다.

서둘러 휴대폰을 꺼내 지도를 따라 걷기 시작했다. 곳곳에 보이는 빈집들은 대문이 활짝 열린 채 방치되어 있었다. 가구들과 쓰레기가 보였다. 담벼락엔 '쓰레기를 무단 투기하지 맙시다' '당신을 양심을 지키세요'라는 문구가 적혀 있었다. 이런 곳에 공중전화가 있을 것 같지 않았다. 그렇지만 이제 와서 돌아가는 건 의미가 없었다. 지도는 여전히 한 방향을 가리키고 있었다.

목적지에 도착해 주변을 두리번거렸다. 공중전화는 여전히 보이지 않았다. 다시 한번 주변을 살피자 오래된 주택가 사이 한눈에 보기에도 아주 큰 나무가 있었다. 그 아래로 공중전화 부스가 보였다. 휴대폰의 보급화로 쓸모를 다해가는 공중전화를 점차적으로 없앨 계획이라는 뉴스 기사를 본적이 있다. 도심지부터 철거를 시작해나갈 예정이라고. 이 공중전화도 결국 없어지고 말 것이다.

공중전화 부스 안으로 들어가 조심스럽게 수화기를 들었다. 번호 하나하나를 망설이며, 천천히 손을 내렸다가 올리기를 반복하면서 눌렀다. 마지막 번호를 누르기 전 눈물이 차올랐다. 이렇게 죽을 수밖에 없는 운명일까. 그런 생각을 하자 눈물이 볼을 타고 흘렀고, 이내 마른 땅으로 떨어졌다.

수화기를 쥔 채로 마지막 번호를 누르지 않자 시간이 초과되어 연결이 되지 않았다는 음성과 함께 신호음이 끊기고 말았다. 마음을 진정시키고 번호를 다시 하나씩 눌렀다. 6, 1, 1……. 수화기 너머에서 몇 초간 클래식 음악이 흘러나왔고 이어 말소리가 들렸지만 사람의 목소리는 아닌 것 같았다. 그래도 무언가 말해야 할 것 같아 입을 열었다.

"문자메시지를 보고 찾아왔습니다."

아무런 말이 들려오지 않아 수화기를 내려놓으려던 때였다.

"네, 알겠습니다. 조금 기다리시면 검은색 승합차 한 대가 나타날 겁니다."

전화 통화는 그렇게 끝이 났다. 이마엔 땀이 맺혔다. 어떤 사람들이 나타날지 알 수 없었다. 어쩌면 영화나 드라마에서 보던 험상궂은 얼굴을 한 이들이 아닐까 상상하다 이내 고개를 저었다. 공중전화 부스에서 나와 먼발치를 바라봤다.

십 분 정도의 시간이 흘렀을까. 정말 검은색 승합차가 나타났다. 조심히 한 발자국씩 옮기며 차에 다가갔다. 이윽고 승합차 앞에 다다르자 차 문이 열리고 한 남자가 내렸다. 남자의 모습은 나의 예상과 전혀 달랐다. 그는 주황색과 노란색이 섞인, 야자수가 그려진 하와이안셔츠를 입고 있었고, 청바지와 슬리퍼 차림이었다. 거기다 선글라스를 머리띠처럼 걸치고 있었다. 나는 당황한 나머지 아무 말도 못한 채 몸이 굳고 말았다.

"처음 뵙겠습니다. 김석우라고 합니다. 자세한 내용은 차 안에서 설명드리겠습니다."

남자는 내게 먼저 손을 내밀어 악수를 청했고, 나는 엉거주춤하며 손을 잡았다. 차에 타라는 그의 손짓에 뒤따라 차에 올라탔다.

차의 내부는 마치 영화에서나 볼 법한 모습이었다. 움직이는 사무실 같은 차 안에는 한 여자가 타고 있었다. 여자는 자신의 이름이 휜이라고 했다. 휜은 흰색 반팔 티셔츠에 진청색 청바지를 입고 검은색 뿔테 안경을 쓴 모습이었다. 사람이고 공간이고 모두 예상을 빗나간 모습이라 당황한 나의 생각을 읽기라도 한 듯 남자가 말했다.

"혹시 영화처럼 어두컴컴한 골목에서 험악한 인상을 하고서 사람들을 위협하는 모습을 생각하셨다면 실망했을지도 모르겠군요."

머릿속을 들킨 것 같아 나는 괜히 고개를 숙였다. 남자는 본격적으로 설명을 시작하겠다고 말했다.

"우리와 마주하는 사람들은 저마다의 사정을 갖고 있지만 결국 같은 선택을 하기 위해 찾아옵니다. 사업 실패를 겪기도 하고, 사랑하는 사람을 잃기도 하는 등 다양한 이유를 갖고서 말이죠. 우리는 그런 이들이 마지막 순간을 잘 마무리할 수 있도록 돕는 역할을 하고 있습니다."

남자의 설명을 듣자 감정이 차오르는 게 느껴졌다. 슬픔과 괴로움 사이의 어떤 감정이었다. 마지막 순간을 잘 마무리하다니……. 결국 죽게 되면 끝일 텐데……. 괜한 불만이 터져 나왔다.

"어떤 사정을 갖고 이곳에 찾아왔더라도 결국 스스로 죽을 용기조차 없는 이들을 죽게 하는 것, 그게 전부 아닌가요? 지금 말씀하시는 건 포장된 말에 불과하고요."

남자는 별다른 말을 하지 않았다. 작게 고개를 끄덕이고는 얼마 후 입을 열었다.

"자, 이제부터 준재 씨를 의뢰인이라고 칭하겠습니다."

남자가 여자를 바라보자 여자는 준비된 서류를 꺼

내어 내 앞에 내밀었다.

"서류를 확인하고 사인해주시면 됩니다. 일종의 계약서 같은 거죠."

"계약서요? 그런 종이 따위가 무슨 소용인지 잘 모르겠습니다."

몇 초간 정적이 흐르고, 여자는 옆에 있던 서류 가방에서 무언가를 꺼내 읽기 시작했다.

"삼 년 전, 퇴근하던 아버지가 횡단보도를 건너는 중 과속한 차량에 의해 현장에서 사망. 가해자는 당시 음주운전 상태였으나 심신미약이 인정되어 현재 만기출소 상태. 이 년 전, 어머니는 야근하다 회사 건물 옥상에서 원인불명의 화재가 발생, 하지만 스프링클러 미작동으로 대피에 차질이 생겨 급속도로 퍼진 연기에 의해 질식사. 이후 경찰 조사가 이루어졌고 관련자들에 대한 재판이 시작됐지만 벌금형의 집행유예에 그침. 몇 년 사이 부모님을 모두 잃고 망가진 의뢰인에게 박준영 씨가 접근. 박 씨는 의뢰인이 어린 시절부터 가족처럼 지낸 사이로 누구보다 의뢰인의 사정을 잘 알고 있었음. 박 씨는 의뢰인 부모님의 사망

보험금을 사업 자금으로 쓰자며 제안. 의뢰인은 부모의 죽음과 맞바꾼 돈이라며 여러 차례 거절했으나 박 씨는 아들이 잘 사는 모습을 보여주는 것이 진짜 부모님을 위한 일이 아니겠냐며 설득. 고민 끝에 박 씨의 제안을 수락, 보험금 전액을 사업 자금으로 건넨 뒤 이에 그치지 않고 대출까지 받아 투자. 박 씨는 의뢰인에게 사업 진행에 대해 꾸준히 이야기했고 건물이 들어설 자리를 함께 보러 갈 정도로 믿음을 심어주었으나 갑자기 연락이 끊겼고 며칠 뒤 사망 소식이 전해짐. 사인은 자살. 알고 보니 박 씨는 불법도박에 빠져 의뢰인이 사업 자금으로 건넨 돈을 모두 탕진했음을 확인. 뒤늦게 건물이 들어설 땅이라도 팔아보려 했지만 그 모든 것은 거짓이었고, 의뢰인에게 보여준 땅도 전혀 모르는 사람의 명의로 밝혀짐. 박 씨의 가족은 자신들과도 연을 끊은 자식이라며 사태에 대한 책임을 회피. 자, 제가 지금 읽은 내용 중에 혹시 사실이 아닌 일이 있나요?"

나는 아무 말도 하지 못했다.

"그럼 계속 읽어나가겠습니다. 현재 의뢰인은 대출

금 구천만 원이 남은 상태이며, 박 씨로 인한 충격으로 회사를 퇴직해 무직 상태로 채무를 변제할 능력이 없음. 최근 삼 개월간 연락하고 지낸 사람은 집주인뿐. 그 연락마저도 월세가 밀려 보증금에서 제하겠다는 대화가 전부."

나도 잘 모르겠다. 어디서부터 뭐가 잘못된 건지. 이렇게 되어버린 나 자신이 한없이 원망스럽고 부모님에게 죄송한 마음만 들었다.

"자살 미수 삼 회. 첫 번째 시도는 강으로 뛰어내리기 위해 새벽녘 마중대교를 찾았으나 술에 취해 자살을 시도하려는 남자를 구하고 신고한 뒤 현장을 벗어남. 그렇게 실패한 첫 번째 자살 시도 이후 두 번째 시도는 이른 아침 거주 중인 집 근처 산에서 이루어짐. 산 위로 올라가 절벽에서 떨어질 각오를 했으나 절벽 근처에서 다리가 부러져 죽어가던 유기견을 발견. 지나치지 못하고 동물병원으로 데려가 사비를 들여 진료 후 보호소로 인계. 특이한 점은, 의뢰인은 당시 통장에 잔고가 거의 바닥난 상태였음에도 유기견을 치료함. 그렇게 두 번째 자살 시도도 실패. 세 번째 시도는 집 안에서 목을 매달아 죽으려 했으나 자신의 처지를 이해해준 집주인에게 죄를 저지르는 것 같아 시도 도중 포기. 이렇게 세 번의 자살 시도는 모두 실패로 끝났습니다. 이 역시 사실과 다른 부분이 있다면 말씀해주세요."

이들은 그동안 내게 일어났던 일을 하나도 빠짐없이 알고 있었다. 마치 오래전부터 나를 감시해온 게 아닐까.

"다 맞는 말이에요. 부모님의 목숨값을 날려버린 불효자고, 미련하게 친구의 말에 속은 바보고, 혼자서는 죽는 것조차 못 하는 쓸모없는 인간에 불과합니다. 그래서 여기까지 오게 된 거겠죠. 더 이상 누군가에게 피해를 주는 삶보다 깨끗하게 정리되는 것이 사회에 훨씬 이롭지 않을까, 쓸모없는 나도 의미 있는 죽음을 맞이할 수 있지 않을까, 생각했어요."

두 사람은 아무 말도 하지 않고 내가 진정되기를 기다렸다. 여자는 잠시 후 계약서를 다시 내밀었다.

"천천히 읽고 확인한 뒤 안내해드린 것처럼 마지막 란에 서명하면 됩니다."

나는 서류를 건네받아 앞장부터 천천히 읽기 시작했다. 마지막 장까지 다 읽고 나자 머릿속은 의문으로 가득했다.

"도대체 이게 무슨 내용인지 이해되지 않습니다."

이번에는 남자가 말했다.

"요약해서 설명하자면, 계약서 작성 이후 의뢰인에겐 백 일의 시간이 주어집니다. 이 기간 동안 의뢰인은 명시된 내용들을 이행하시면 됩니다. 백 일이 지나 약속한 날이 되면 우리는 의뢰인을 찾아가 조용히 삶을 마감시켜드릴 겁니다. 의뢰인의 장기들은, 의뢰인과 반대로 삶을 계속해서 살아가고자 하는 이들에게 전달됩니다. 세상에는 걷지 못하고 보지 못하고 듣지 못하고 먹지 못하는, 다양한 문제를 가진 사람이 많습니다. 그들을 위해 의미 있는 죽음을 맞이하는 겁니다. 따라서 최상의 몸 상태를 이끌어내기 위해 의뢰인은 앞으로 잘 먹고, 운동을 하고, 봉사활동도 하고, 여행을 떠나는 등 즐거운 생활을 실행합니다. 그 비용으로 매달 오백만 원씩 총 천오백만 원을 지급해드릴 예정입니다. 그리고 가장 중요한 점, 현재 가진 채무는 계약 후 깨끗하게 정리됩니다. 우리는 시시각각으로 의뢰인을 관찰하고 기록할 것입니다. 이는 도중에 마음이 바뀌어 도망가는 것을 방지하기 위함입니다. 설령 어딘가로 숨는다고 하더라도 끝까지 찾아내 그에 상응하는 대가를 치르게 될 것입니다. 그렇다면 삶은 지금보다 더 비참하게 변할 수 있다는 걸 명심하십시오. 계약 성립 직후 의뢰인의 장기를 받을 기증자들이 정해집니다. 즉, 의뢰인이 죽지 않게 된다면 여러 사람이 죽게 되는 것입니다."

펜을 쥔 손끝이 움직이다가 멈추기를 반복했다. 이대로 돌아가면 비참한 현실과 다시 마주해야 한다는 사실을 알고 있었지만, 바보같이 망설여졌다. 그런 나를 보던 남자가 말했다.

"이곳을 찾은 사람들 모두 의뢰인과 똑같은 반응을 보였습니다. 우리는 선택을 강요하지 않습니다. 신중히 결정하세요. 만약 서명을 하지 않겠다고 결정한다면 준비된 알약을 드릴 겁니다. 부분적으로 기억을 잊게 만드는 약이에요. 몸에 해롭거나 이상한 약은 아닙니다. 그저 우리가 노출되지 않기 위한 방법의 일환이라 생각하시면 됩니다."

남자의 손바닥 위 흰색 알약 하나가 보였다.

"죄송하지만 부분적으로 기억을 잊는다는 게 뭔지 조금 더 알려주세요."

"지난밤 웹사이트에 접속했던 시점부터 통화를 하고 이곳에서 만난 일까지, 대략 하루 정도의 기억이 사라진다고 생각하시면 됩니다. 하루의 기억이 사라진다고 해서 문제될 일이 있을까요?"

맞는 말이었다. 어차피 이들을 만나러 오지 않았더라면 나는 집 안에 틀어박혀 반복되는 하루를 보냈을 것이다.

"만약, 정말 만약에 제가 서명을 하지 않고 되돌아간 다음에, 그러니까 기억이 사라진 뒤에도 죽기 위해 다시 만날 수 있을까요?"

"우리는 한 번 만났던 이와는 다시는 접촉하지 않는다는 방침이 있습니다. 그리고 지금껏 서명하지 않고 돌아간 사람은 단 한 명도 없었습니다. 마음속으로 생각하지 않으셨나요? 일상으로 돌아간다 하더라도 펼쳐지는 것은 비참한 현실뿐이라는 걸. 자, 더 이상

마음과 마음 35

시간을 끌 수 없으니 서명을 할 것인지 아니면 알약을 먹을 것인지 선택하시기 바랍니다."

펜을 들어 계약서 마지막 장에 서명했다. 홀가분함과 동시에 오묘한 기분이 들었다. 이제 내 삶조차 내 것이 아니게 된 것 같았다.

"안내 사항은 문자메시지로 보내드리겠습니다. 오늘 자정을 기점으로 백 일의 기간이 시작됩니다. 그럼 여기서 헤어지는 것으로 하겠습니다."

차에서 내려 서서히 멀어지는 검은 차를 잠시 바라봤다. 시야에서 빠르게 사라지던 것이 완전히 없어진 후 그대로 바닥에 주저앉고 말았다.

해가 진 뒤에야 그곳을 벗어나 집으로 돌아왔다. 배고픔이 느껴졌지만 아무것도 먹지 않은 채 곧장 누워 천장을 바라봤다. 정신은 또렷했지만 잠을 청하기 위해 눈을 감았다. 어서 하루가 끝나길 바랐다. 두려움에서 벗어나고 싶었다.

다시 눈을 뜬 건 오전 아홉시를 막 넘긴 시간이었다. 놀라 잠에서 깨고 말았다. 악몽을 꾸었기 때문이다. 형체를 알 수 없는 무언가에 쫓기다 추락하는 꿈이었다. 쫓기는 상황이 반복됐고 계속해서 절벽에서 떨어져 죽었다. 쫓기고 떨어지고 죽고, 쫓기고 떨어지고 죽고……. 무슨 꿈이 이렇게 무섭고 괴롭게 느껴지는지, 땀에 흠뻑 젖은 상의 때문에 온통 축축했다.

커튼 사이로 들어온 햇살이 방 안을 비추고 있었다. 냉장고에서 생수를 꺼내 뚜껑을 열고 그대로 입을 가져다 댔다. 이런 나의 모습을 엄마가 보았더라면 분명히 잔소리를 했을 것이다. 정신을 차리고 주변을 둘러보자 바닥에 놓인 가족사진이 보였다. 목을 매달려고 시도하던 날, 벽에 걸린 사진 속 부모님의 얼굴을 보고 한참 눈물을 쏟았다. 그런 후 사진을 벽에서 떼어 내 던져버렸었다.

아빠는 내가 어릴 적부터 인생은 행복하기만 한 것이 아니라는 사실을 잊지 말아야 한다고 말하곤 했다. 어린 내가 무슨 말인지 이해하지 못하겠다고 하면, 아빠는 크면 알게 된다면서 머리를 쓰다듬었다. 교통사고로 아빠가 죽기 전날 밤에도 아빠는 그 주제를 꺼냈다.

"아들, 요즘은 인생이 행복한 것 같니, 아니면 그 반대인 것 같니?"

"글쎄요. 미치도록 행복한 건 아닌데 그렇다고 엄청 불행한 것도 아니니 행복에 더 가깝지 않을까요? 엄마, 아빠 모두 직장 생활 잘 하시고 건강하게 곁에 계시니 큰 걱정거리가 없잖아요. 그런데 왜 갑자기 그런 질문을 하세요?"

"아빠 회사 동료의 아들이 자살을 했다는구나. 유서에는 인생이 행복하지 않아서 그만 살고 싶다고 짤막하게 적혀 있을 뿐 다른 내용은 없었대. 잘은 모르겠지만 그래도 나름 화목한 가정일 거라고 생각했는데, 부모와 자식 사이라도 말하지 못하는 고민들이 존재하고 겹겹이 쌓이다 보면 어떤 식으로든 표출이 되는 거겠지. 대화가 아닌 죽음이라는 결말을 짓고 말았지만……. 혹시나 우리 아들도 말하기 어려운 고민이 생긴다면 아빠든 엄마든 누구에게라도 꼭 이야기해 주면 좋겠어."

"걱정 마세요. 저는 그럴 일 없으니 두 분이 오래오래 살면서 지켜봐주세요. 제가 사랑하는 사람 만나 결혼하고 아이도 낳고, 그렇게 행복하게 살아가는 모습을요. 그리고 아빠, 제게 인생은 행복하기만 할 수 없다고 어릴 적부터 말하셨잖아요. 이제는 조금 알 것 같기도 해요. 인생이 행복하지만은 않다는 걸 인정하고 살아가야 행복하지 않은 순간들 또한 극복하고 나아갈 수 있다. 아빠가 제게 알려주고 싶었던 인생의 진리 아니에요?"

우리 부자가 나눈 마지막 대화였다.

물을 마신 뒤 멍하니 방 안을 둘러봤다. 정리되지 않은 공간이 답답하게 느껴졌다. 그때 휴대폰 알림이 울렸고, 화면에 여러 개의 메시지가 연달아 나타났다.

'대출 전액 상환 완료. 이용해주셔서 감사합니다.'
'500만 원이 주민은행 계좌로 입금되었습니다.'
'중요한 내용이니 한 부분도 빠뜨리지 않고 정확히 읽고 이행해주시기 바랍니다.'

대출 상환 연락부터 계약서의 내용까지, 내가 겪은 일이 꿈이 아니었음을 증명해주고 있었다. 그것은 죽음이 정해진 운명의 일부가 되어버렸다는 사실을 상기시켰다.

계약서의 내용은 단순해 보이지만 복잡했다. 보통 사람이라면 누구나 지키며 살 법한 것도 있었고, 굳이 이렇게까지 해야 하는 걸까 의구심이 드는 것도 있었다. 기본적인 일들은 이런 것이었다. 매일 아침 일곱 시에 기상한 뒤 창문을 열고 집 안을 환기시킨다. 아침은 거르지 않고 신선한 과일들을 섭취한다. 주위를 청소하고 정돈된 상태를 유지한다.

휴대폰을 켜고 정해진 시간에 일어날 수 있도록 알람을 맞췄다. 쇼핑 앱을 실행시키고 과일 구독 서비스를 선택했다. 삼 개월을 설정하고 세척 후 소분 배송을 결제했다.

창문을 열자 선선한 바람이 집 안으로 들어왔다. 청소기가 없어 일단 되는 대로 물티슈를 꺼내 쓸다시피 바닥을 닦았다. 구석구석 먼지를 찾아내고 방바닥에 널브러져 있는 물건들을 정리했다. 재활용이 가능한 것들과 그렇지 않은 것들을 분리해 버렸다. 이 모든 일을 하는 데 두 시간이 채 걸리지 않았다. 정리를 마친 뒤, 바닥에 있던 가족사진을 다시 벽에 걸었다. 잠시 사진 속 부모님을 바라보며 마음속으로 말했다.

'엄마, 아빠 금방 뒤따라갈게요. 처음에는 죽는 게 무섭고 두려웠는데 이제는 조금 괜찮아진 것 같아요. 제가 죽음으로써 많은 사람을 구할 수 있으니까요. 그러니 일찍 왔다고 너무 뭐라고는 하지 말아주세요. 남은 날들 잘 마무리하고 곧 갈게요. 웃으면서 만나요.'

의자에 앉아 정돈된 공간을 바라보자 힘없이 미소가 지어졌다. 이게 뭐가 어려워서 그동안 하지 못한 걸까, 생각이 들었다.

*

"차에서 내리기 전 마지막으로 궁금한 점이 있다면 물어보세요."

"빚을 탕감해주고, 후회 없이 죽으라고 매달 돈까지 준다는 게 아직도 믿기지 않아요. 저를 믿으시나요?"

남자와 여자는 잠시 눈을 맞춘 뒤 이내 미소 지었다.

"질문에 대한 답은 아니지만 이 말로 대신하죠. 우리가 이상한 사람들일지도 모르는데 여기까지 찾아온 의뢰인의 마음이 어떤 것인지는 아주 잘 알고 있습니다. 우리는 그 마음에 대한 답을 하는 것뿐입니다."

그렇다. 보통 사람이라면 나와 같은 검색을 하지는 않았을 것이다. 아니, 검색을 했다 하더라도 이렇게 직접 찾아오는 일은 없었겠지.

"이제 의뢰인과 우리 사이에 신뢰 관계를 형성하는 것입니다. 지시하는 내용을 잘 따라주시길 바랍니다. 그리고 남은 생을 잘 마무리하는 일에 힘써주십시오."

"네. 걱정하지 마세요. 이곳에 오기까지 쉽지 않았고, 계약서에 사인을 하겠다고 마음먹은 순간 확실히 깨달았어요. 살면서 뭐 하나 제대로 해낸 것이 없었구나. 그래서 이번만큼은 잘 해내고 싶어요. 그것이 제 삶을 마무리하는 일이 되어버렸지만요."

보통의 가치

계약 후 일주일이란 시간이 지났지만 크게 달라진 것은 없었다. 그저 규칙적인 일상을 보낼 뿐이었다. 읽고 싶었던 고전문학을 인터넷에서 여러 권 구매했고, 밤이면 집 근처 공원에 나가 걷다가 뛰기를 반복했다.

"계약서에 '책을 읽고 운동을 하며 봉사활동을 한다'라는 식으로만 적혀 있어 궁금하실 겁니다. 기본적으로 지켜야 하는 것들 이외의 것은 의뢰인의 자유에 맡깁니다. 책의 경우 어떤 분야라도 읽고 싶은 것이 있다면 무엇이든 좋습니다. 운동 또한 평소 좋아했거나 한번 해보고 싶던 종목이 있다면 곧바로 실행하시면 됩니다. 지원되는 비용 내에서 선택할 수 있다면 뭐든 괜찮습니다. 뮤지컬이나 공연, 값비싼 레스토랑 방문까지 모두요. 그리고 봉사활동을 한다는 것이 의뢰인의 죽음과 무슨 관계가 있나 싶으시겠지만 깊게 생각할 필요는 없습니다. 우리는 장기기증을 원하는 고객들의 모든 요청 사항을 수용하고 있습니다. 이에 연관되어 있다고 생각하시면 이해가 편할 겁니다. 봉사활동에 대한 일정은 일주일 뒤 다시 안내해드리겠습니다."

밤이 되면 공원에는 많은 사람이 찾아온다. 사람들 틈 속에 뒤섞여 걷고 있으면 나도 그들과 다름없는 정상인이 되는 기분이다. 오늘을 살고 내일을 준비하는 평범한 삶. 죽게 될 순간을 기다리며 준비 중인 나는 그들의 사이에 낀 비정상인일 뿐이지만. 그럼에도 웃고 떠들며 행복해하는 이들 속에 묻혀 평범함의 일부처럼 보이는 게 싫지 않았다.

공원으로 나온 지 삼 일째 되는 날이었다. 마주 다가오던 사람이 손에 들린 목줄을 놓쳤고, 자유로워진 강아지 한 마리가 내게로 달려왔다. 가까이서 보니 몰티즈였다. 놀란 것도 잠시, 작은 몸집으로 하는 앙증맞은 움직임을 보고 나는 자연히 미소를 지었다. 재빨리 달려와 목줄을 잡은 강아지 주인은 내게 사과했고, 나는 괜찮다는 짧은 대답을 건넸다. 주인과 함께 시야에서 멀어지는 강아지를 아쉽게 바라보았다. 그 순간엔 나 역시 그저 다른 이들과 다를 바 없는 보통 사람이 되는 기분이었다. 다시 현실을 자각하는 순간 슬픔에 빠져들었지만 아마도 죽는 순간까지 계속될 것 같았다. 보통의 사람인 척 살아가며 잠시의 행복과 대부분의 슬픔을 여러 번 마주할 것이었다.

저녁을 먹고 또다시 공원으로 나가 뛰었다. 심장 뛰는 소리가 들릴 정도로 달리고 나면 힘든 것보다 뿌듯함이 앞섰다. 새삼 나 자신이 정말 살아 있는 인간임이 증명되는 것 같았다. 이마에 땀이 맺힌 채 집으로 돌아오는 길에 문자메시지를 받았다.

내일 아홉시까지 아래 주소로 찾아가십시오.

문구 아래에는 한 노인복지시설 주소가 적혀 있었다. 노인복지시설에 나가는 것이 죽음과 무슨 관계가 있는지 궁금해지다 금세 생각을 지웠다. 중요한 건 받아들이는 것뿐일 테니까.

샤워를 하고 협탁 위에 올려둔 책을 읽기 시작했다. 몇백 년 전 쓰인 책은 긴 시간을 지나 많은 나라를 거쳐 나의 손에 쥐어졌다. 글을 쓴 작가는 내가 태어나기도 한참 전에 숨을 거두었다. 작가는 죽기 전 어떤 마음이었을까. 자신의 목표를 다했다는 마음에 편안하게 세상을 떠났을까. 아직은 쓰지 못한 것들이 머릿속에 맴돌아 아쉬운 마음이 가득했을까. 그것도 아니면 혹시 자신도 모르는 사이 순식간에 죽게 된 것일까.

엄마와 아빠는 젊은 시절 독서 모임을 하며 처음 만나게 됐다고 들었다. '고전문학의 이해'라는 주제로 대화를 나누었고, 엄마가 먼저 아빠에게 호감을 내비쳤다고 했다. 내가 지금 읽고 있는 책은 엄마와 아빠가 첫 모임에서 다룬 것이었다. 두 분의 어릴 적 꿈은 모두 작가였다. 그러나 꿈과 현실 사이에서 더 무거웠던 건 현실의 무게였다. 자신들의 꿈에 대한 갈증을 독서 모임을 통해서나마 풀고 싶었다고 했다. 아빠가 죽고 난 뒤 엄마는 그런 말을 한 적이 있다. 오히려 꿈을 꿈으로 남겨두어서 잘된 것일지도 모른다고. 그렇지 않았더라면 아빠를 그날, 그 시간, 그 장소, 그 모임에서 만나지 못했을 것이라고.

부모님의 영향으로 어릴 적부터 많은 책을 읽었다. 대학생 시절 유럽 여행에 대한 책을 읽고 혼자서 여행을 떠나는 상상을 하곤 했다. 지금 생각해보니 내가 여행한 곳이라고는 고등학생 시절 수학여행으로 간, 이후 대학생이 되어 부모님과 다시 한 번 간 제주도가 전부였다. 책을 읽으면서도 자꾸 다른 생각이 떠올라 그냥 책을 덮고 머리맡에 올려두었다. '죽기 전 유럽에 다녀올 수 있을까. 한 도시여도 충분하니까…….' 그러다 잠이 들었다.

아침 일찍 일어나 준비를 하고 지난밤 문자로 받은 노인복지시설을 가기 위해 밖으로 나섰다. 불과 일주일 전까지만 해도 어렵게 느껴지던 일이 이제는 아무렇지 않아졌다. 마을버스는 골목을 따라 계속해서 나아갔다. 안내 방송을 듣고 벨을 누르자 한 곳에서 멈춰 섰다. 정류장에서 골목길을 따라 걸어 올라가자 한눈에 보기에도 오래된 건물이 나타났다. 막상 다 오고 나니 괜히 망설여져 입구에서 발을 떼지 못하고 서성거렸다. 그때 건물 문이 열리며 인상이 좋아 보이는 중년 여성이 나타났다. 아주머니는 나와 눈이 마주치자마자 자연스레 이름을 물었고, 잘 찾아왔다며 손을 내밀었다. 너무도 오랜만에 받아보는 따뜻한 손길이었다.

 "남자 직원이 갑자기 사고를 당하는 바람에 병원 신세를 지게 됐지 뭐예요. 웬만한 건 우리끼리 해보려고 하는데 무거운 짐을 들 때 한 사람이 빠졌다고 빈자리가 크게 나더라고요. 혹시나 싶은 마음에 봉사자 모집 공고를 올리고도 기대하지 않았는데 얼마 되지 않아 신청을 해줘서 얼마나 고마웠는지 몰라요. 처음에는 봉사활동 점수가 필요한 학생인가 했어요. 그런데 나이를 보니 그건 또 아닌 것 같고. 간략하게 소개해준 내용을 읽어보니 몇 달 뒤 멀리 떠나게 되어 그전에 도움이 되는 일을 하고 싶다던데, 그 마음이 참 좋다고 느꼈어요. 얼굴도 생각했던 모습처럼 선하게 생겼네요."

나는 아무 말도 하지 않고 멋쩍은 웃음을 지었다. 지원 글을 어떻게 적어 냈는지는 알 수 없었다. 여기서 얼마나 봉사하게 되는지도 몰랐다. 나는 몇 달 뒤면 떠날 사람이었다. 그저 시키는 대로 움직이는 사람에 불과했다.

"지내고 계시는 어르신은 다 합하면 열두 명이에요. 직원은 관리자인 저와 여직원 한 명, 입원한 남자 직원까지 총 세 명이랍니다. 따라오세요. 함께 일할 직원과 어르신들 소개해드릴게요."

관리인 아주머니를 뒤따라가자 오래된 건물 외부와는 달리 말끔하게 정돈된 내부가 보였다. 신경 써 관리하는 게 느껴졌다.

"대부분 근처에서 오랜 시간 살아온 분들이 나이가 들어 이곳에 모여 살고 있답니다. 후원해주시는 분들이 없었다면 여긴 이미 문을 닫았을지도 모르겠네요."

사무실로 들어가자 열린 창문과 벽면에 부착된 선풍기가 쉴 틈 없이 돌아가고 있는 게 보였다.

"수진 씨, 오늘부터 한 달 동안 봉사해줄 분이에요. 며칠 전 이야기해서 기억하고 있죠?"

'한 달이구나, 이곳에 나오는 기간이.' 나와 비슷한 또래로 보이는 여자가 자리에서 일어나 인사를 건네 왔다.

"안녕하세요. 잘 부탁드리겠습니다."

"네. 도움이 될지는 모르겠지만 열심히 해보겠습니다."

관리인 아주머니는 나의 말에 미소를 지으며 대신 답했다.

"이렇게 와준 것만으로도 이미 큰 도움이에요. 요즘 세상에 아무런 대가 없이 봉사하는 사람 찾기 어렵잖아요. 그럼, 자세한 이야기는 이따 더 나누도록 하고 여기 계시는 어르신들 소개해드릴게요."

사무실을 나오자 복도를 따라 몇 개의 방이 줄지어 이어졌다. 방마다 서너 명의 어르신이 모여 생활하고 있었고, 거동이 크게 불편한 사람은 없다고 했다. 나이가 들었을 뿐 모두 소일거리를 하고 작은 것들을 나누며 살아간다고.

"지금은 101호, 그러니까 큰방에 모여 모두 일을 하고 있어요. 자, 따라와요."

101호 문을 열고 들어가자 큰 테이블 앞에 할머니들이 모여 작업을 하고 있었다.

"어르신들, 여기 청년이 한 달 동안 우리 사랑의 집에 출근해서 크고 작은 일들을 도와줄 거예요."

할머니들이 일제히 나를 바라봤다. 각기 다른 생김새였지만 비슷한 분위기가 났다. 할머니 중 한 분은 잘 부탁한다며 자리에서 일어났다. 나는 부끄러운 마음이 들어 옅은 미소를 짓고 고개 숙여 인사했다. 다른 할머니들 역시 저마다 한마디씩 하며 인사를 건넸다. 잠깐의 대화가 끝나고 방을 나오자 문득 궁금한 게 생겼다.

"다들 몸이 불편하지도 않으시고 혼자 생활하기에도 문제없어 보이는데 굳이 이곳에 모여 같이 사는 이유가 있을까요?"

"여기 계신 분들은 이 도시가 이렇게 커지기 전에, 그러니까 작은 동네였을 시절부터 사셨어요. 학교를 다 나오지도 않으셨고, 먹고살기 바빴던 시기를 지나

지금의 노년이 되었죠. 자식들이 있어도 어디 자주 찾아오나요, 자기들 살기 바쁘죠. 한마디로 외로운 분들이에요. 이곳을 만들게 된 이유가 있는데, 할머니 한 분이 고독사로 돌아가신 일이 있었어요. 가진 것 없어도 베풀기 좋아하는 선한 분이었죠. 찾아오는 이가 없어 죽은 지 며칠이 지나서야 발견됐다는 뉴스를 보고 결심했어요. 쓸쓸히 삶을 마감하는 분들이 조금이라도 줄었으면 좋겠다. 그 마음이 제가 어린 시절을 보낸 이곳으로 이끌었어요. 주변에서는 그러더라고요. 돈도 되지 않는 일을 해서 뭐하냐고. 나이 든 분들 좀 챙긴다고 노인 고독사를 막을 수 있는 것도 아니라고. 그 말을 듣고 저는 말했죠. 막을 수 없다는 건 잘 알고 있다고. 하지만 지금도 어딘가에서 누군가는 쓸쓸히 죽어가고 있을 거라고. 그러니 누군가는 나서서 단 한 분이라도 허망한 죽음, 그 쓸쓸한 마지막을 맞지 않도록 힘써야 하지 않겠냐고."

아주머니의 눈빛이 반짝거렸다. 한 번도 본 적 없는 눈빛 속에서 삶의 에너지가 보였다. 자신이 스스로에게 부여한 삶을, 그 삶의 가치를 잘 아는 이의 얼굴이었다.

"아유, 죄송해요. 처음 만난 사람한테 별말을 다 하게 되네요. 그런데 그거 아나요? 사람의 눈빛은 거짓말을 하지 않아요. 처음 준재 씨를 문 앞에서 만났을 때 눈빛을 보고 참 괜찮은 사람일 거란 확신이 들었거든요. 부모님이 아주 좋아하시겠어요, 훌륭한 아들을 두셔서."

그 말에 대답하지 못하고 망설였던 건 거짓을 말해야 할지, 아니면 솔직하게 두 분이 돌아가셨다고 할지 고민이 되어서였다. 나는 결국 아무 말도 하지 못하고 어색한 미소를 지었다.

"같이 둘러보면서도 알겠지만 크게 어렵거나 힘들다고 느끼는 일은 없을 거예요. 그냥 어르신들 말동무 해드리고 필요한 물품을 사거나 정리하는 일이 대부분이라고 생각해주세요. 저를 부를 때 호칭은 팀장님이라고 하시면 돼요. 회사 생활 때부터 익숙해진 탓에 이곳에서도 그대로 쓰고 있으니 이해해주세요."

팀장님을 뒤따라 건물 밖으로 나가니 오래된 승합차가 있었다.

"필요한 물품을 사거나 어르신들의 일거리를 받아오고 마무리한 것들을 가져다주는 용도로 사용하는 차예요. 마침 마트에 다녀와야 하는데 같이 가도록 해요."

팀장님은 익숙한 듯 운전석 문을 열고 올라타 시동을 걸었다. 라디오 주파수를 맞추자 여러 사람의 웃음소리가 뒤섞여 났다. 나도 모르게 따라 웃고 말았다. 내가 웃는 모습을 본 팀장님은 자신이 좋아하는 라디오방송이라고 했다. 그날의 한 가지 주제를 정한 뒤 출연자들이 그것에 대해 대화를 나누는 방송이었다. 오늘의 주제는 '내일 세상이 끝난다면 무엇을 하겠습니까?'였다.

출연진 A가 사랑하는 사람과 함께 보낼 것이라고 하자 B는 묻는다. 그럼 짝사랑을 하고 있다면 어떡하냐고. 그러자 A는 곧바로 정중히 고백할 거라고, 위급한 상황 속에서 사랑이 피어날지 혹시 모르지 않겠냐고 했다. 그 말에 출연자 모두가 웃었다. 웃음소리가 잦아들자 B는 자신의 꿈이 세계여행인데, 당장 내일 세상이 끝난다면 꿈을 이룰 수 없을 테니 좋아하는 음식을 한껏 준비해서 가고 싶었던 나라들의 명소를 영상으로라도 볼 거라고 했다. 다른 이들은 그런 상황에서 태연히 그럴 수는 없을 거라 했지만 B는 그럴 수 있는지 없는지는 그때 가서 한번 확인해보겠다고 받아쳤다. 마지막으로 C는 김빠지는 소리일지 모르지만 자신은 여느 날과 다름없이 지내겠다고 했다. 아침에 일어나 밥을 먹고 청소를 한 뒤 공원 산책을 하며 살아온 날들을 돌아보고 혼자만의 정리를 하고 싶다고. 그러고는 저녁이 되면 냉장고를 열어 남은 반찬들을 꺼내 마지막 식사를 하겠다고.

팀장님과 마트에 도착할 때쯤 라디오방송도 끝이 났다. 차를 타고 오는 동안 라디오에 집중하느라 우리는 정작 대화를 나누지 않았다. 차에서 내려 마트로 걸어가는 동안 팀장님은 내게 물었다. 내일 죽게 된다면 하고 싶은 게 무엇인지.

"글쎄요. 저도 평범하게 마무리할 수 있다면 좋겠어요. 여느 날과 다름없이, 어쩌면 세상이 끝난다는 것조차 모를 만큼 평범하게요."

"그렇군요. 사실 저도 별반 다르지 않을 것 같아요. 사랑의 집 식구들과 함께 식사를 하고 큰방에 모여 앉아 각자의 살아왔던 시간을 돌아보며 이야기 나눌 것 같아요. 그렇게 계속해서 웃고 떠들며 가장 행복한 마음으로 말이죠. 제가 물어놓고도 웃기지만 우리 지금부터 그런 생각은 하지 말기로 해요. 요즘은 의학기술이 발달해서 오래 살 수 있다고 하잖아요. 우리 어르신들, 긴 세월을 살아왔지만 이제야 행복하다고 하시는데 내일 세상이 끝난다면 행복을 누리는 시간이 너무 짧잖아요. 갑자기 핵전쟁이 일어나서 전 인류가 멸망한다면 모를까, 죽을 날을 알게 되면 서글퍼질 것 같아요. 안 그래요?"

당황스러워 어떤 대답을 해야 할지 순간 떠오르지 않았다. 거짓을 말할 수밖에 없었다.

"그렇겠죠. 자신이 죽을 날을 알고 살아가면 정말 슬플 거예요."

팀장님이 살 것들을 메모지에 적어 온 덕에 마트에서 빠르게 나올 수 있었다. 구매한 물품들을 박스에 옮겨 담은 뒤 자동차 짐칸에 실었다.

사랑의 집에 도착하자 오전 일과를 끝낸 할머니들

이 점심 식사 준비를 하고 있었다. 차에서 내린 짐을 주방 한편에 내려놓자 수진 씨가 다가와 정리할 물건들의 보관 위치를 알려주었다. 식사는 방마다 구성된 인원들이 일주일씩 돌아가며 준비한다고 했다. 식사 준비가 끝나자 모두 익숙하게 자리를 잡고 앉았다. 오늘의 점심은 몇 가지의 나물과 계란말이, 장조림, 된장찌개였다.

"입맛에 맞을지 모르겠어요. 어서 앉아요."

팀장님은 자신의 옆자리로 오라며 내게 손짓했다. 팀장님 옆에 가 앉자 할머니들은 약속이라도 한 듯이 맛있게 먹으라고 따듯한 말을, 눈빛을 보냈다. 다른 사람들과 이렇게 같이 밥을 먹은 게 언제였는지 기억나지 않았다. 고개를 숙인 채 조용히 밥을 먹는 동안 나를 제외한 모두가 웃고 떠들며 식사하고 있었다. 하루 종일 함께 있으면서 뭐가 그리 할 말이 많은지 대화가 끊이지 않았다.

고개를 들어 할머니들을 바라보았다. 하나같이 행복한 표정을 짓고 있었다. 행복은 가질 수 없는 것이라고 생각했다. 가질 수 없기에 지킬 수도 없고, 그저 잠시 머무르다 순식간에 사라져버리는 것에 불과하다고 여겼다. 그러니 행복하지 않은 게 당연한 일이었다. 그러나 이곳에 머무르는 단 몇 시간 동안 어쩌면 행복은 갖는 것도, 지키는 것도 아닌 그 자체로 존재할 뿐이라는 생각이 들었다. 사라지는 것이 아니기에 슬플 때도, 힘들 때도 그저 잠시 가려져 있을 뿐이라고. 다른 감정이 흐릿해진 자리에 아무렇지 않은 듯 드러나는 행복을 감사히 마주하는 일. 긴 세월을 살아온 할머니들은 그런 방식으로 삶을 대해왔을지도 몰랐다.

"그럼 내일 뵙겠습니다."

오후 일과를 마친 뒤 팀장님과 수진 씨에게 인사를 하고 사무실 문을 열었다. 문 앞에 할머니 한 분이 서 있었고, 대뜸 내 손을 잡았다.

"고마워요. 늙은이들 도와주러 와줘서. 내가 달리 줄 건 없고, 이거라도 받아요."

할머니는 주머니에 손을 넣고 뒤적이더니 파인애플 맛 사탕 하나를 꺼내 건네주었다. 내가 괜찮다며 사양하려는 손짓을 취하자 할머니는 따듯하게 웃으며 말했다.

"거절하지 말고 받아요. 달고 맛있어요."

"감사합니다."

"고생했어요. 집에 조심히 가요."

버스 정류장까지 걸어가는 동안 주머니에 넣은 사탕을 만지작거렸다. 한 달의 시간이 어떤 기억들로 채워질지 알 수 없었지만, 그 무엇이라도 좋으리란 예감이 들었다.

버스에 올라타 창가 자리에 앉았다. 창밖으로 노을 지는 모습이 보였다. 아름다웠다. 휴대폰을 꺼내 사진을 찍을까 잠시 생각했지만 그러지 않았다. 무언가를 남긴다는 것이 내게는 아무런 의미가 없어 보였다. 내가 받은 마음도, 지금 마주하는 아름다운 순간도 언젠가 모두 잊히고 말겠지. 머지않아 타인들의 기억 속에서 내가 사라지게 되듯이.

새벽녘부터 내리기 시작하던 비가 점차 거세지더니 이내 하늘을 검게 물들였다. 물웅덩이를 피해 조심스레 걷는 걸음엔 어릴 적 기억이 담겨 있었다. 버스 안 가득 찬 사람들을 지나 안쪽으로 들어가 자리를 잡고 섰다. 몇 정거장 지나 대부분의 사람이 내리자 여유 공간이 생겼고, 이내 빈자리가 났다. 자리에 앉아 창밖을 바라봤다. 분주하게 움직이는 사람들. 평범하게 살았더라면 나도 저들 중 한 사람이 되었겠지, 상상하다 고개를 털어 생각을 떨쳤다. 의미 없는 생각이었다. 눈을 감았다. 몇 정거장이 지났는지, 아이와 엄마의 대화 소리가 들렸다. 우비를 입고 장화를 신은 아이는 신이 나는지 웃고 있었다. 엄마는 아이에게 유치원 대신 병원에 가는 거라고 말했지만 아이는 말했다.

"그럼 사탕 먹을 수 있잖아. 그래서 좋아."

그 말에 나는 웃고 말았다. 아이의 엄마는 진료를 잘 받으면 꼭 사주겠다며 아이의 머리를 쓰다듬었다. 잠시 후 아이와 엄마가 내렸고 버스엔 몇 사람이 남지 않았다. 안내 방송을 듣고 하차 벨을 눌렀다. 잠시 후 버스는 멈춰 섰고 요란한 소리와 함께 뒷문이 열렸다.

비가 와서 그런지 동네가 더욱 조용하게 느껴졌다. 사무실의 문을 열고 들어가자 이미 앉아 있던 두 사람이 나를 보며 인사했다. 팀장님은 자리에서 일어나 창

밖으로 고개를 내밀더니 다시 나를 바라보았다.

"주말은 잘 보냈어요? 비 오는데 나오느라 고생했어요."

이곳에서 지내는 할머니들은 평일엔 계약 업체를 통해 단순 업무를 받아 작업하고 주말엔 쉬었다. 정산은 이 주마다 받고 있었다. 후원금과 별도로 운영되어 온전히 할머니들의 여가 활동에 쓰인다고 했다. 할머니들은 처음엔 일하지 않았지만, 아무것도 하지 않고 가만히 지내면 더 아프고 힘들다며 일하게 해달라고 부탁했다고 한다. 말 그대로 단순한 업무였지만 기계로 할 수 없는 일들을 맡아 진행했다.

"작업 물품을 전달하기로 했던 날짜보다 조금 더 빠르게 업무가 끝났어요. 그래서 오늘은 다 같이 공원에라도 나가기로 했는데 예고도 없던 비가 내려서 어쩔 수 없이 취소했어요. 할머니들께 가보세요. 식당에 모여 영화 보고 계세요."

오늘같이 날씨 등의 변수에 의해 일정이 취소될 때면 식당 겸 다목적실로 사용되는 공간에서 영화를 본다고 했다. 여럿이 보는 것임에도 작은 티브이밖에 없어 아쉽다는 팀장님은 내년엔 꼭 예산을 책정해 빔프로젝터를 구매할 거라고 말했다.

식당 문을 조심히 열고 들어가자 할머니들은 긴 테이블에 둘러앉아 화면 속 영상에 집중하고 있었다. 끝자리에 조심스레 앉자 한 할머니가 내게 반갑게 인사를 건넸다. 해달 할머니였다. 파인애플 사탕을 주었던 이후로 다른 할머니보다 유독 나를 챙겨주는 게 느껴졌다. 할머니는 언제부턴가 나를 볼 때마다 '하지'라고 부르기 시작했다. 내 이름을 알려드려도 소용없었다. 할머니는 낮이 가장 길어지는 시기인 하지에 내가 왔으니 그렇게 부르고 싶다고 할 뿐이었다. 처음에는 어색하게 들리던 그 이름이 이제는 익숙해졌다. 나를 친근하게 대하고 싶은 할머니의 남다른 애정 표현이라 생각하니 싫지 않았다.

"우리 하지 왔니? 아침은 먹었고? 다 같이 모여서 재밌는 거 보고 있었어."

"네, 먹고 왔어요. 그런데 할머니 이렇게 끝에 앉아 계시면 화면 잘 안 보이지 않으세요?"

"안 보여도 상관없어. 늙은이는 어차피 가까이에 있

어도 잘 보이지도, 들리지도 않을 거야. 그냥 이렇게 다 같이 모여 있는 게 재밌는 거지. 혼자가 아니니까."

어쩐지 울컥해 일을 하러 가야겠다는 말을 남기고 식당을 빠져나왔다. 창고에 들어가 물건 정리를 하는 동안 문득 계약 문항이 떠올랐다. 정해진 것을 지키는 것 이외에 돈을 자유롭게 사용해도 된다는. 어차피 다 쓰지도 못하고 사라지는 돈이라면 나보다 더 필요한 이들을 위해 쓰고 싶어졌다. 휴대폰을 열어 빔프로젝터를 검색하자 다양한 가격대의 제품들이 나왔다. 리뷰를 꼼꼼히 읽으며 낮에도 사용하기 괜찮다는 제품으로 주문했다. 분명 내가 샀다고 하면 팀장님은 부담을 느끼고 거절할 게 뻔했다. 적당한 거짓말을 생각해 두어야 할 것 같았다.

퇴근 준비를 하는 사이 비가 그쳤다. 인사를 하고 나가려던 찰나 수진 씨가 인사 대신 다른 말을 해왔다.

"저녁 약속 있으세요? 없으시면 팀장님이랑 같이 저녁 먹으러 가요."

갑작스러운 제안에 잠시 당황한 기색을 보이자 옆에서 지켜보던 팀장님이 미소 지으며 말했다.

보통의 가치 65

"약속 있으면 들어가도 괜찮아요. 수진 씨가 아침에 그러더라고요. 준재 씨가 출근한 지 벌써 이 주나 됐다고. 그동안 수고도 많았고, 그러고 보니 따로 밥 한 번 먹은 적 없는 것 같아 내가 이야기해보라 한 거예요. 부담 갖지 말아요."

두 사람을 따라 사무실을 나왔다. 언덕길을 따라 걸어 내려가는 동안 두 사람의 일상에 대해 들었다. 수진 씨는 매일 출퇴근을 하고, 팀장님은 특별한 일이 없으면 평일은 이곳에서 지내며 일하고 주말에 집으로 돌아간다고 했다. 이곳에 있는 분들은 크게 아프거나 몸이 불편하지 않기에 누군가가 곁에 없어도 생활에 전혀 문제가 되지 않았지만 팀장님은 이젠 이곳이 자신의 집같이 편하게 느껴진다고 했다.

얼마 후 우리는 한 고깃집 안으로 들어갔다. 일상적인 대화가 오갔고 퇴근 후 무엇을 하는지 이야기를 나누었다. 내가 곧 여행을 떠난다고 알고 있는 두 사람이 내게 여행 계획은 잘 짜고 있는지 물었다. 그간 일터에선 하지 못한 질문이 많은 것 같았다. 그럴 때마다 나는 진심으로 거짓을 말했다. 죽지 않을 거라면,

어쩌면 가능했을지도 모를 미래의 일들에 대하여.

대화하던 도중 화장실에 다녀오겠다며 자리에서 일어나던 팀장님이 때마침 지나가던 남자를 발견하지 못해 부딪히려는 순간, 수진 씨의 입에서 예상치 못한 말이 나왔다.

"조심해, 엄마."

팀장님은 수진 씨의 말에 몸을 움츠린 덕에 남자와 부딪히지는 않았다. 나는 깜짝 놀라 두 사람을 번갈아 쳐다봤다. 팀장님은 내 표정을 보고는 웃으며 말했다.

"맞다. 이 말을 안 하고 있었네요. 수진이 제 딸이에요. 제가 일하는 걸 보고 처음엔 반대하더니 어느 날 회사도 관두고 지금은 옆에서 누구보다 큰 힘이 되어 주고 있죠."

팀장님 말을 듣고 보니 두 사람이 닮은 것 같았다. 말하는 것도, 생김새도. 전에도 인상이 비슷하다는 생각을 한 적이 있지만, 그저 같이 일을 하다 보면 비슷해 보일 수도 있겠거니 했다. 화장실에 간 팀장님을 제외한 둘이 남은 테이블에서 수진 씨가 말했다.

"괜히 속인 것 같아 미안해요."

"아니에요. 일터잖아요. 충분히 그럴 수 있죠."

"그렇게 말해줘서 고마워요. 제가 엄마한테 일터에서는 서로 호칭 철저히 하며 지내자고 했거든요. 함께 오래 일하려면 그게 좋을 것 같아서요. 시간이 참 빨라요. 이제 이 주밖에 안 남았는데 어때요? 봉사하길 잘했다는 생각이 드는지 궁금해요."

"좋아요. 다들 손자처럼 대해주세요. 두 분도 저를 임시직이 아닌 구성원으로서 진심으로 존중해주시는 게 느껴지고요. 무엇보다 팀장님은 시간 날 때마다 제게 좋은 이야기를 들려주세요."

"엄마랑 저도, 그리고 사랑의 집에 계신 모든 어르신이 고맙게 생각하고 있어요. 늘 사소한 일에도 나서서 수고하려 하시잖아요. 그래서 한편으로는 아쉬운 마음이 들어요. 봉사가 끝나면 정말 긴 작별이 될 것 같아서요. 같은 한국에 살아도 바빠서 보지 못하는 경우가 많은데 외국으로 가시면 얼마나 더 보기 힘들까요."

그때 생각했다. 외국이라면 좋겠다. 아무도 찾지 않는 밀림의 숲속 어디라도 좋을지 모르겠다. 살 수 있다면…….

 죽는 일이 무섭게 느껴지지는 않았다. 죽는 순간에 떠오르는 건 나보다 먼저 세상을 떠난 사람들의 얼굴뿐일 거라 생각했다. 그러나 요즘은 내가 떠난 뒤에도 일상을 살아갈 이들의 얼굴이 떠오를 것 같아 조금 슬펐다.

이별의 뒷면

주말이 지난 뒤 빔프로젝터가 집으로 배송됐다. 제품 박스를 제거한 뒤 사랑의 집으로 가져갔다. 팀장님에게 건네자 역시나 이게 뭐냐며 받지 않으려 했고, 나는 연습해두었던 말들은 잊은 채로 아무 말이나 뱉고 말았다.

"오래전에 사두었는데 잘 안 써서 가져왔어요."

하지만 곧바로 모델명을 검색해본 수진 씨 때문에 진실이 들통났다. 제품 출시일이 비교적 최근이라는 정보와 가격이 꽤 비싸다는 사실을 수진 씨는 팀장님에게 알렸다. 그러자 팀장님은 나긋한 목소리로 말했다.

"준재 씨의 역할은 봉사활동을 하는 거예요. 사비를 들여 무언가를 살 필요는 없어요. 그러니 이건 받을 수 없어요."

"저는 멀리 떠나잖아요. 그럼 이곳에 다시 오지 못할 수도 있고, 두 분 그리고 할머니들도 다시 만날 수 없을지도 몰라요. 이렇게라도 제가 이곳에 함께였다는 걸 기억해주신다면 저에게도 큰 의미일 것 같아요. 정말 그뿐이에요. 여기 계신 분들 모두에게 많은 마음을 받았어요. 이 고마움을 표현하고 싶은데 어떻게 해야 할지 잘 모르겠어요. 제가 받은 것에 비하면 아무것도 아니라고 생각해요. 그러니 받아주세요. 남은 기간 동안 할머니들이 더 행복해지는 모습 보고 싶어요. 그럼 제가 더 행복할 것 같아요."

내 진심이 전해졌는지 팀장님은 더는 거절하지 않았다. 얼마 후 식당에 설치된 빔프로젝터 앞에 모인 할머니들은 큰 화면 속 트로트 가수들이 나오는 방송을 보며 다 같이 노래를 따라 불렀고, 드라마를 보며 눈물을 글썽였고, 예능 프로그램을 보며 웃음을 터트렸다. 뒤편에 서서 그 모습들을 바라보고 있으니 왠지 모르게 마음이 뜨거워졌다. 살아간다는 것이, 누군가와 함께한다는 것이 꽤 멋지고 괜찮은 일이라는 사실을 그간 잊고 살았음을 깨달았다.

이곳에서 일하며 드는 많은 생각 때문에 죽기로 한 결정을 후회하지는 않았다. 죽음을 결정하지 않았다면 이 마음을 영원토록 잊은 채 살았을 것이다. 처음엔 그 계약 조건들을 이해할 수 없었다. 아무리 기증받는 이들이 원하는 조건이라지만 그게 나의 죽음과 무슨 관계가 있나 싶었다. 하지만 이제는 아주 조금은 알 것 같았다. 어쩌면 그들은 건강한 육체뿐 아니라 건강한 마음을 가진 이를 원하는지도 모르겠다. 평범한 사람이라면 모두가 느낄 감정을 아는, 그것을 잊지 않은 사람을.

"하지야, 네가 이렇게 좋은 걸 설치해줬다면서. 참 고맙고 고마워. 덕분에 우리 늙은이들이 호강을 하는구나. 해주는 것도 없이 받기만 해서 어쩐다니."

"아니에요, 그런 말씀 마세요. 해주시는 게 없다뇨. 아주 많은걸요. 전 매일 기분 좋은 마음 가득 담아 퇴근해요. 받는 거, 가져가는 거 제가 더 많아요."

"아이고, 우리 하지 말도 예쁘게 잘하는구나. 그나저나 누구 만나는 사람은 없니?"

"없어요. 제 매력이 부족해서 그런지 누굴 만나긴 힘들 것 같아요."

"떼끼, 행여나 그런 소리는 하지도 말어. 부모님이 들으면 속상하시겠어."

"할머니, 할머니 자식들에 대해 들려주시면 안 돼요?"

갑자기 왜 그런 질문을 한 건지, 말을 뱉고 나서야 아차 하는 생각이 들었다. 이곳에 모인 분들은 저마다 가슴 아픈 사연이 있을 수도 있는데 너무 쉽게 묻고 말았다.

"아, 아니에요. 이야기 안 해주셔도 돼요."

"뭐가 그리 싱거워?"

할머니와 나는 서로를 바라보며 웃고 말았다. 그리고 몇 초간 침묵이 이어졌다.

할머니는 내 손을 잡고 식당을 빠져나와 바깥으로 나갔다. 작은 나무 아래 놓인 벤치에 앉아 우리 두 사람은 대화를 이어갔다.

"하지야 날이 참 좋다. 그렇지?"

"맞아요. 흘려보내기 아쉬울 정도로요."

"내 나이가 지금 칠십이 넘었으니, 그때 이후로 수십 년이 흘렀구나. 맞아, 지금처럼 화창한 여름이었지. 우리 가족은 휴가차 바다로 떠날 준비를 하고 있었어. 남편은 일 년 내내 일만 하는 사람이라 가족들과 함께 여행을 가자는 나의 간곡한 부탁에 처음으로 승낙을 했어. 떠날 생각에 어찌나 설레던지 지금도 그날의 순간들이 생생하게 떠오를 정도야. 자식은 아들 하나, 딸 하나가 있었어. 두 살 터울이었는데 오빠가 동생을 아주 잘 챙겼지. 보고만 있어도 배부르다는 말이 절로 나올 정도였어."

할머니는 잠시 행복한 미소를 짓고는 말을 이었다.

"여행 당일, 새벽부터 김밥을 싸고 짐을 챙기느라 집을 나서기 직전에야 이웃집에서 물놀이용품을 빌리려던 게 생각났지 뭐야. 그래서 금방 다녀올 테니 아이들을 부탁한다고 남편에게 말한 뒤 집을 나섰어. 집에서 오 분 거리였거든."

할머니는 알 수 없는 표정을 짓고 있는 나를 의식한

건지, 이야기를 끊고 나를 바라보았다.

"자식들 이야기해준다더니 무슨 옛날이야기를 늘어놓나 싶지?"

"아니에요. 재밌었겠어요. 그러고 보니 바다에 가본 지가 언제인지 기억도 안 날 만큼 오래됐다 싶어요. 계속 들려주세요, 바다에 가는 이야기."

"그러게 말이야. 바다에 갔다면 정말 행복했을 텐데 말이지."

갑자기 빗방울이 뚝뚝 떨어지며 마른 바닥을 적셨다. 하늘을 바라보자 빗방울이 굵어지는 게 느껴졌다. 햇살은 구름 뒤로 가려졌다. 할머니와 나는 서둘러 다시 건물 안으로 들어갔고, 복도를 지나 자연스레 할머니가 머무는 방에 들어갔다. 할머니는 침대 옆 서랍을 열어 낡은 사진을 꺼내 내게 내밀었다. 오래된 사진 속에는 젊은 부부와 어린아이 두 명이 나란히 서 있었다.

"나 젊을 때야. 옆엔 우리 신랑이랑 아이들."

"할머니 정말 예쁘셨네요. 너무 행복해 보여요."

할머니는 내가 다시 건넨 사진을 몇 번 어루만지더니 서랍 속에 집어넣고 낮은 목소리로 말했다.

"아쉽지만 못 갔어, 바다. 남편은 가는 길에 나를 데려가겠다며 아이들을 태우고 짐을 싣고 집을 나섰어. 그런데 얼마 못 가 교통사고를 당했어. 졸음운전을 하는 트럭에 말이지. 병원으로 급히 이송됐는데 아이들은 병원으로 가는 도중에, 남편은 도착 직후에 떠나버렸어. 사랑하는 이들이 순식간에 사라졌다는 고통보다 후회가 앞섰어. 내가 미리 빌려왔더라면, 아니, 적어도 이웃집에 들러서 물품만 받고 바로 나왔더라면. 뭐가 그렇게 할 얘기가 많아서 머무르고 있었을까. 조금만 더 일찍 출발했더라면 사고를 막을 수 있지 않았을까. 그 후에는 혼이 나간 사람처럼 몇 년을 보냈어. 일도 안 하고, 사람도 안 만나고. 주변에서는 그러다 나까지 죽겠다며 정신 차리라고 하는데 그게 어디 마음처럼 쉽게 되겠어. 사랑하는 내 가족이 다른 누구도 아닌 나 때문에 죽은 것 같다는 생각이 계속해서 쫓아다니는데……."

할머니의 붉은 눈시울에서 눈물이 뚝 떨어졌다. 이런 상황에는 어떤 말을 해야 위로가 될까. 얼굴을 보지 말까, 눈물을 닦아드릴까, 휴지를 건네야 할까. 우물쭈물 아무것도 못 하는 사이에 할머니의 목소리가 다시 들렸다.

"정말 미안하구나, 늙은이가 쓸데없는 이야기를 꺼내서. 좋은 이야기만 해줘도 모자랄 텐데 늙으면 이렇게 별말을 다 하게 된단다."

나는 할머니의 손을 잡았다. 할머니의 작은 손은 긴 세월 어떤 시간을 보냈는지 말해주는 듯 거칠고 손 마디마디 굳은살이 잡혀 있었다. 그러나 아주 따뜻했다. 그동안 마주한 그 누구의 손보다 따뜻하게 느껴졌다. 그리고 이건, 말주변 없는 내가 할 수 있는 최선의 위로였다.

"하지는 손이 참 크구나. 우리 남편도 손이 컸지. 표현할 줄 모르는 사람이었는데 겨울이면 손 시리게 하고 싶지 않다며 밖으로 나갈 때면 내 손을 꽉 잡고 다녔어. 그러면 우리 두 사람 사이의 온기가 닿아 참 좋았어. 남편과 그렇게 말없이 눈 내리는 거리를 걸을 때면 알 수 없는 미래라지만 꽤 괜찮을 것 같단 희망이 생겼단다. 어떤 힘든 일이 닥쳐도 가족들과 함께라면 말이지."

"그래도 좋은 기억이죠? 남편분과 아이들과 함께 했던 순간들이요."

"그럼. 지금 살아 있는 것도 그런 기억들 덕분이야. 사실 죽으려고도 해봤어. 그런데 그럴 때마다 가족들 얼굴이 떠올라서 도저히 그럴 수가 없었어. 그렇게 죽으면 가족들이 너무 슬퍼할 것 같았거든. 몇 번이고 시도했지만 매번 실패했지. 어느 날은 남편과 아이들이 꿈속에 나와 아주 행복한 얼굴을 하고서는 슬퍼하지 말고 자신들의 몫까지 온 힘을 다해 살아주면 좋겠다고 말하는 거야. 자신들이 누리지 못한 것들까지 다 모아서 그만큼 행복했으면 좋겠다고. 꿈에서 깼을 땐 허무함이 느껴졌지. 결국 현실은 나 홀로였으니. 그러고는 거울을 봤는데 다른 사람이라 해도 믿을 만큼 초췌한 모습이었어. 그때부터였어. 이런 모습으로 계속 지낸다면 먼 훗날 가족들을 만나게 되었을 때 당당하지 못하겠구나, 생각이 든 게. 그래서 정신을 차렸지. 힘을 짜내고 버티고 버티면서 열심히 살았어. 그렇게 번 돈을, 평생 모은 돈을 어려운 아이들을 위해 써달라고 기부를 했어. 그러니까 지역신문에서 내 기사까지 실어주더라고. 이 늙은이 사진까지 찍어서 말이야. 우리 팀장님이 그 기사를 보더니 연락을 해온 거야. 남은 생, 새로운 가족들과 함께 모여 즐겁게 살아가자고. 참 좋은 사람이야. 수진이도 그렇고. 이곳에 모인 사람들은 각자의 슬픔을, 함께 지내며 생기는 작은 즐거움으로 바꿔가며 사는 것 같아."

할머니의 말에 많은 생각이 들었다. 그게 느껴졌는지 할머니는 또 한 번 나를 바라보았다.

"하지야, 인생은 참으로 알 수 없는 거야. 네가 외국으로 떠난다니 앞으로 다시는 만나지 못할지도 모르겠구나. 그곳에 가서도 혹시 할머니 생각이 나면 아주 가끔이라도 연락해주면 좋겠어. 늙은이 주책일지 몰라도, 처음 널 봤을 때 선한 눈빛 너머로 뭔지 모를 슬픔이 가득 차 보였어. 마음속에 응어리진 무언가를 갖고 있으면서 드러내지 않으려 애쓰는 모습이 참 안타까웠단다. 그런데 지금 네 눈을 보면 슬픔보다는 행복이 더 많아 보이는구나."

마음을 들켜서일까, 아니면 오랜만에 느껴본 따뜻한 온기에 마음이 적응하지 못해서일까. 나도 모르게 울컥했다. 마음을 진정시켜보려 애썼지만 감정이 더 차오르기만 했다. 결국 눈물을 쏟는 나를 할머니는 감싸 안아주었다. 할머니도, 나도 한참동안 서로에게 아무런 말도 하지 않았다. 십 년도, 일 년도 아닌 겨우 한 달도 채 안 된 사이에 불과했지만 마치 아주 오랜 시간을 알고 지낸 것처럼 느껴졌다.

처음으로, 정말 처음으로 내가 죽어야 한다는 사실이 슬프게 다가왔다. 아무렇지 않은 척 죽기만을 바랄 뿐이라고 내내 생각했지만, 이제는 죽음보다 살고 싶다는 마음이 커져만 갔다. 안부 전화를 하겠다고, 외국에서 예쁜 사진을 보내겠다고 말하는 나의 입술이 사정없이 떨렸다. 기약할 수 없음에 마음이 아팠다.

내일이면 이곳의 봉사활동도 마무리가 된다. 특별한 일들은 아무것도 없었다. 매일 버스를 타고 출근했고, 크고 작은 일들을 도왔으며, 반복되는 날들의 연속이었다. 그럼에도 마지막에 가까워진 지금 내게는 모든 날이 특별하게 느껴졌다.

"하지야, 별건 아닌데 받으렴."

할머니는 옷 주머니 속에서 무언가를 꺼냈다. 반으

로 접힌 흰 봉투였다.

"큰돈은 아니고, 십만 원이야. 외국 가서 맛있는 거 사 먹으라고. 별것도 아니라 창피하니까 어서 받아라."

머뭇거리는 나를 보더니 할머니는 아무 말 없이 내 주머니에 봉투를 집어넣었다. 그러고는 저녁 식사 준비를 해야겠다고 말하며 자리에서 일어났다.

"감사……해요."

기어들어가는 내 목소리를 들었는지 할머니는 뒷짐을 진 손을 흔들었다.

퇴근하고 집으로 돌아와 할머니가 준 흰 봉투를 가방에서 꺼내 가만히 바라보았다. 잠시 후 열어본 봉투 안에는 돈과 함께 작은 쪽지가 들어 있었다.

하지야 세상이란 말이지, 설명할 수 없는 일들이 생겨나고 원치 않는 이별을 맞이하기도 한단다. 이 늙은이가 널 만나 참 행복했어. 내 자식들이 어른이 되었다면 하지 같은 아이였을까 생각도 했단다. 긴 세월 살다 보니 깨달은 건 이별의 뒷면엔 또 다른 인연들이 존재한다는 거야. 하지가 앞으로 살아가며 많은 인연을 만나고 또 아쉽게 헤어지게 된다면, 헤어짐 뒤에 또 다른 시작이 있다는 것을 잊지 말고 살아가렴.

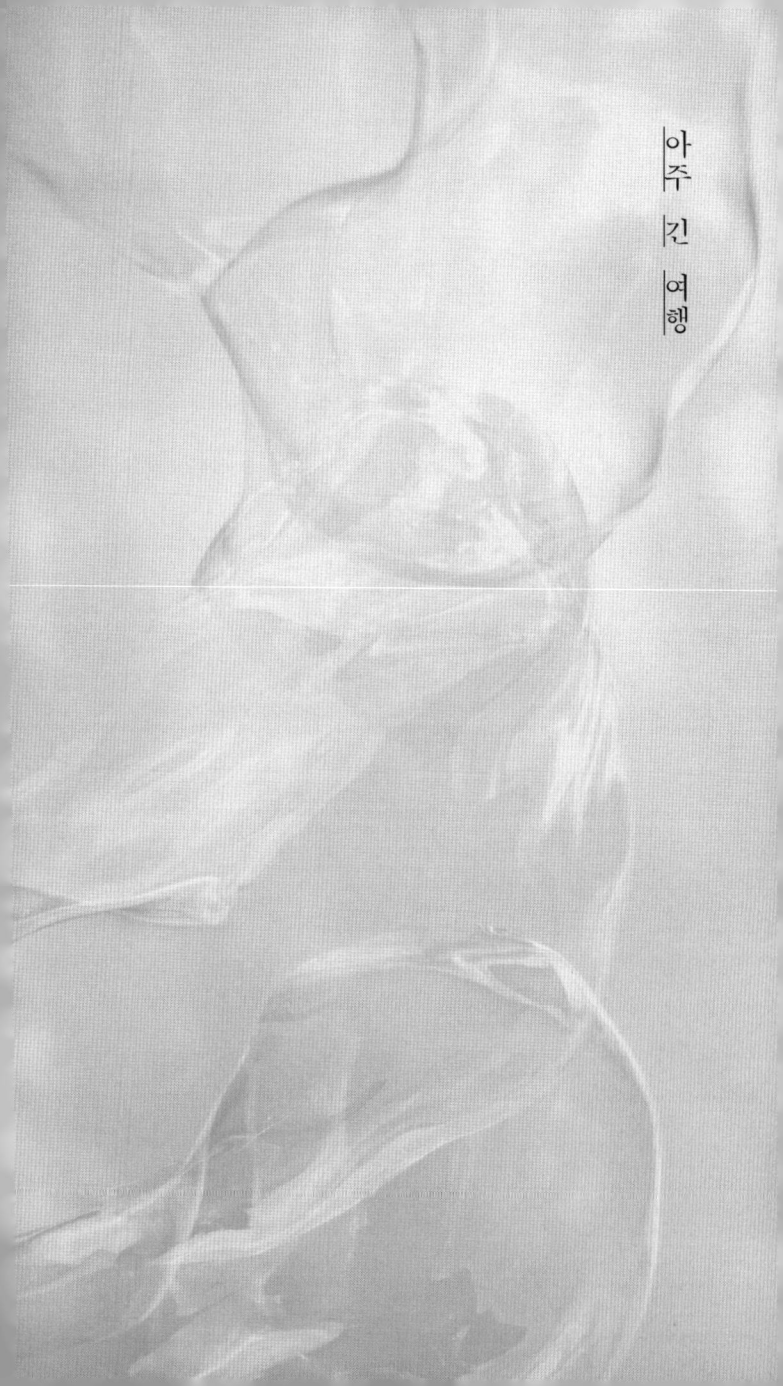

아주 긴 여행

몇 년 전 방송에서는 비와 관련된 신기한 사건을 다룬 적이 있다. 몇 가구 살지 않는 작은 시골 마을의 절반에만 비가 내린 것이다. 나머지 절반의 마을에는 햇살이 비추는 날이 며칠 동안 이어졌다. 다행인 점은 비의 양이 그리 많지 않았다. 다만 아주 가늘게 그러나 멈추지 않고 지속됐다. 기상학자들을 비롯해 관련 기관에서는 이 현상을 조사하기 위해 시골 마을을 찾았지만, 결국 아무 정보도 얻지 못한 채 돌아갔다. 삼일간 이어지던 비는 모두가 잠든 밤에 그쳤다.

이튿날 아침, 마을엔 아무런 일도 없었던 것처럼 평

화가 찾아왔다. 점차 기억 속에서 잊히고 하나의 해프닝에 불과한 사건으로 마무리됐다.

몇 달 후 방송사에서는 후속 취재를 위해 마을을 찾았다. 어린 시절부터 줄곧 이 마을에 살았다는 한 노인은 인터뷰를 통해 이렇게 말했다. 살다 보니 별일을 겪는다고. 비가 오는 것이 별일이 아니라, 이 작은 마을에 온갖 방송사가 다 찾아오고 살아생전 이렇게 많은 카메라가 모여 있는 걸 처음 봤다고. 노인의 말에 자리에 있던 모든 사람은 웃음을 터트렸다.

긴 인생을 살아오며 다양한 경험을 했을 노인에게는 그 기묘한 현상이 단순히 비가 내리고 그치는 것처럼 아무 일도 아니라고 느꼈을지 모른다. 마지막으로 노인에게 방송에 나온 기념으로 하고 싶은 말이 있느냐고 묻자 노인은 이렇게 말했다.

"방송에도 나오고 참 오래 살고 볼일입니다. 십 년 전 아내가 먼저 세상을 떠났지만 그래도 나를 위해주는 자식들이 있어 이렇게 살아 있습니다. 머지않은 날에 아내를 다시 만나게 된다면 방송에도 나왔다고 자랑해야겠습니다. 자식들 모두 건강하길 바라고, 여기 찾아와준 선생님들 모두 행복하길 바랍니다. 이 정도면 됐습니다. 고맙습니다."

그땐 방송을 보며 나 역시 먼 훗날 누군가와 결혼을 하고 자식을 낳는 상상을 했다. 지금과 같은 순간들이 펼쳐질 것이라고는 전혀 예상하지 못했다. 그런 생각을 하니 내 기억 속 모습은 현재가 마지막으로 남았다. 중년, 나아가 노년의 모습은 말 그대로 상상 속에 남아 존재할 테니까.

자꾸만 불쑥 튀어나오는 생각들은 마음을 요동치게 만들었다. 할머니와 나누었던 대화에서도 그랬다. 나는 지금 운동을 하고 건강한 음식을 먹고 일상 속에서 행복을 느끼며 더 이상 빚에 쫓기지 않는 삶을 살고 있었다. 하지만 이 삶은 내 것이 아니었다. 그저 잠시 빌리고 있을 뿐, 결국엔 이 삶을, 지금의 모든 것을 돌려주어야 한다는 사실은 변함없었다.

산다는 건 도대체 뭐길래, 한없이 놓고 싶다가도 어느 순간 있는 힘껏 붙잡고 싶게 만드는 걸까.

선택을 번복할 수도, 시간을 되돌릴 수도 없다는 걸

잘 알고 있었다. 처음 계약서를 작성할 때만 하더라도 백 일을 지내는 동안 살고 싶어질 거라고는 추호도 생각하지 못했다. 그저 하루빨리 죽음 가까이에 닿고 싶을 뿐이었다. 그렇지만 한편으로는 죽음을 선택하지 않았다면 여전히 집 밖으로는 한 발짝도 내딛지 못한 채 암담한 인생을 견디며 하루하루 망가져가는 스스로를 바라봤을 것이다. 그러니 다른 생각은 필요 없다. 잘한 선택이다. 더는 쓸데없는 생각을 하지 않아야 했다. 그 누구도 아닌 나를 위해서.

요즘은 악몽을 꾸지 않았다. 새벽녘 깨어나지도 않았다. 햇살과 마주하며 눈뜨는 일이 이렇게 행복한 일이었나 싶다. 오랫동안 잊고 살았던 이 안녕함을 이제야 비로소 느끼고 있었다.
어제 퇴근 준비를 하던 나에게 팀장님은 슬며시 다가와 말했다.
"내일이면 마지막 출근이네요. 시간이 정말 빠르죠?"
"네. 첫날 이곳에 와서 어색해하던 순간이 아직도 생생하게 기억나요."

"맞아요. 말수도 없어 보이고 해서 어르신들과 잘 어울릴 수 있을까 걱정도 좀 됐는데, 지금 생각해보면 기우였고 착각이었어요. 사람과 사람 사이에는 꼭 많은 대화를 나누어야만 깊어지는 건 아닌데. 준재 씨를 곁에서 지켜보며 새삼 깨달았어요. 처음 만난 날 선한 인상이라고 한 거 기억하죠?"

"네, 그러셨어요."

"그 말을 늘 잊지 말고 마음속에 담아두며 살았으면 좋겠어요. 그리고 한 가지 더. 함께 있으면 상대방을 편안하게 만들어주는 힘이 있다는 것도요. 대화를 많이 하지 않았어도 어쩐지 보이지 않는 실로 연결된 것처럼 '우리'라는 생각이 들어요. 왜, 같이 있다가 조금만 적막이 흐르면 어색해지고 불안한 느낌을 주는 사람도 있잖아요. 그런데 준재 씨는 신기하게도 별말 없이 있어도 편하고 괜스레 미덥고 그랬어요. 그러니 언제 어디서도 잊지 마요. 본인은 특별한 사람이라는 것을. 우리는 때때로 스스로의 가치를 잊곤 해요. 한없이 약해 보이고 어느 하나 잘하는 게 없는 것처럼 느끼기도 하고요. 하지만 누구에게나 저마다의 힘이

아주 긴 여행

있어요. 준재 씨의 능력, 특별함, 스스로 알고 있어요. 꼭 기억해야 해요."

나는 한동안 아무 말도 할 수 없었다. '내가 정말 특별한 사람일까. 그저 죽음을 기다리는 사람에 불과한데…….' 그럼에도 응답하고 싶었다. 말로라도 보답하고 싶었다.

"잊지 않고 기억할게요. 이곳에서 보낸 시간도요."

팀장님이 내 어깨를 쓰다듬으며 미소 지었다.

"우리도 잊지 않을 거예요. 한 달이란 시간은 긴 인생에서 아주 짧은 순간일 수 있겠지만, 준재 씨와 함께한 한 달은 사랑의 집 모든 구성원에게는 결코 잊지 못할 기억이 될 거예요. 조금 더 오래 살아본 사람으로서 말하자면, 삶이란 매 순간 행복하지만은 않아요. 꽤 많은 날이 참 힘들기도 하고요. 그럼에도 분명 살아 있다는 것만으로 삶은 아주 가치가 있어요. 이곳에서 우리가 만난 것도 다 그 일부일 테고요."

마지막 출근 날, 팀장님의 말을 떠올리며 사랑의 집으로 걸어 올라가는 동안 길가에 위치한 집들을 또 나무들을 천천히 바라보았다. 모두 한자리를 오랫동안 지켜왔음을 말해주듯 담장을 하얗게 장식했던 페인트는 군데군데 벗겨져 색이 바래 있었다. 가지를 사방으로 뻗어 자신의 존재를 드러낸 나무를 따라 고개를 들어 하늘을 바라봤다. 파랗다. 구름 한 점 없이 깨끗한 하늘이었다. 휴대폰을 꺼내 이번에는 망설이지 않고 사진을 찍었다. 이런 일들이 아무 소용없다는 것을 여전히 잘 알고 있었지만 그럼에도 남겨두고 싶었다. 마치 아무 일도 없다는 듯, 마지막 순간을 정해두지 않는 평범한 이들의 모습처럼.

사무실 문을 열고 안으로 들어서자 수진 씨가 반갑게 나를 맞이했다. 몸이 좋지 않아 삼 일 동안 출근도 하지 못했던 터라 더욱 반가웠다. 마지막 날 얼굴을 볼 수 있어 다행이었다.

"몸은 괜찮아요?"

"네. 약 먹고 푹 쉬었더니 좋아졌어요. 오늘이 마지막 날이네요."

"그러게요. 정말 순식간에 지나간 것 같아요. 한 달간 도움이 되긴 한 건지 아직도 잘 모르겠어요. 오히려 제가 받기만 한 것 같아서 말이죠."

"아니에요. 한 달 동안 다들 준재 씨 칭찬을 얼마나 많이 하셨는데요."

잠시 후 물건을 정리하기 위해 창고로 향했다. 수진 씨와 팀장님이 조금이라도 편하게 이용할 수 있도록 무거운 물건은 아래쪽으로 내렸고, 가벼운 물건들은 위쪽 선반으로 올렸다. 상자는 담긴 물품을 표시해둔 라벨지가 보이도록 정리했다.

입원한 직원은 생각보다 몸 상태가 빠르게 좋아져 일주일 전 퇴원했다고 했다. 바로 출근할 수도 있었지만 처음 이야기한 대로 좀 더 쉬고 나오는 것으로 정해졌다. 내가 있어서였다. 그의 건강이 회복되어서 할 수 있는 말이지만, 그가 사고를 당하지 않았더라면 내가 이곳에 찾아올 일은 없었을 것이다. 그렇다면 이렇게 좋은 사람들을, 이런 평범해서 특별한 기억을 가질 수 없었을 것이다. 그렇기에 얼굴도 못 본 그가 마음 한편에 무척 고마운 사람으로 남았다.

생각에 잠긴 것도 잠시, 다급한 발소리가 들리더니 창고 문이 세차게 열렸다. 고개를 돌리자 당황한 얼굴의 팀장님이 보였다.

"큰일 났어요!! 해달 할머님이 숨을 안 쉬어요."

나는 곧장 할머니 방으로 달려갔다. 할머니 주변에는 다른 할머니들이 모여 있었다. 수진 씨는 나를 발견하고는 다가와 작은 목소리로 말했다.

"어젯밤 돌아가신 것 같아요. 어쩐 일로 늦잠을 주무시나 싶어 다른 분들이 깨우지 않았는데 아무래도 평소와 달리 너무 오래 안 일어나셔서 깨우려 봤더니 숨을 쉬지 않고 계셨다고 하더라고요."

돌아가신 할머니를 처음 발견한 할머니가 담담한 듯 말했다.

"슬프지만 잘된 거지. 아주 편안하게 갔어. 얼굴에 미소를 띠고 있더라고. 할망구 무슨 좋은 꿈을 꾸길래 저리 웃나 싶었는데……. 아무튼 잘된 거야."

그제야 평온한 얼굴로 긴 여행을 떠난 할머니의 얼굴을 제대로 바라봤다. 눈물이 한 방울 툭 하고 떨어졌다. 나를 처음 하지라고 부르던 순간이 떠올랐다.

"할머니, 제 이름은 하지가 아니에요."

"내가 하지라고 부르고 싶어. 예쁘잖아, 하지. 뭐,

정 싫으면 안 부르고."

"아니, 싫은 건 아닌데요……."

"그럼 됐네."

말끝을 흐리기가 무섭게 반가워하는 할머니의 반응에 웃음이 나왔다. 할머니도 나를 따라 웃었다. 그러고 나서 며칠이 지났을 때, 퇴근을 준비하던 중 할머니와 마주쳤다.

"할머니, 저 이만 퇴근해볼게요. 저녁 맛있게 드시고 좋은 밤 보내세요."

"우리 하지도 집에 가서 맛있는 저녁 챙겨 먹고. 할머니가 배웅해줄까?"

할머니는 저녁 식사 시간 전에 산책을 하고 싶다며 나를 따라나섰다.

"혼자 가도 괜찮아요. 저 배웅해주시고 돌아가실 땐 혼자잖아요."

"괜찮아. 이 동네에는 나쁜 사람도 없어. 다 늙은 노인네들뿐인데, 뭐."

"근데요, 할머니 이름 참 특별한 것 같아요. 해달. 해와 달 맞죠?"

"우리 하지, 말 안 해도 척척 알고 있구나. 우리 부모님이 내가 태어나기도 전부터 정해둔 이름이었어. 낮에 뜨는 해처럼 반짝이고 밤에 뜨는 달처럼 반짝이라고. 그렇게 매 순간 반짝이는 삶을 살았으면 좋겠다고 지어줬지. 생각해보면 사람은 이름 따라 살아간다고, 힘든 순간들이 존재했지만 덕분에 잘 이겨낼 수 있었던 것 같기도 해. 그런데 이제는 부모님 얼굴도 기억이 나질 않아. 나도 그만큼 나이가 많이 들었으니까. 멀지 않은 날에 내 자식들과 남편, 그리고 부모님까지 만나게 되겠지. 정말 얼마 남지 않았다는 예감이 들어."

"오래오래 건강하게 사시며 좋은 것들 더 많이 보셔야죠."

"이 정도면 충분해. 하고 싶은 것들 다 이뤘고, 말년에 좋은 사람들과 함께하고 있으니 이거면 됐어."

어쩌면 자신의 살날이 얼마 남지 않았음을 할머니는 알고 있었던 걸까.

해달 할머니의 장례식은 조용히 치러졌다. 많은 사람이 찾아오지는 않았지만 사랑하는 사람들이 할머니의 마지막 길을 배웅해줬다. 나 역시 할머니의 끝을 함께했다.

영정 사진 속 행복한 얼굴을 한 채로 세상과 이별을 한 할머니는 화장을 한 뒤 납골당에 안치됐다.

사랑의 집을 나가는 날입니다. 정해진 사항들을 잘 지켜주셨기에 특이 사항은 없습니다. 앞으로도 남은 기간 안내를 잘 따라주시길 바랍니다. 추후 일정에 대해서는 문자메시지로 다시 연락드리겠습니다.

해달 할머니의 장례식이 끝나는 날까지 다행히 별다른 연락은 없었다. 만약 장례식장을 떠나라고 한다면 나는 떠나야 했고, 다른 일정이 생겼다면 그대로 따라야 했을 것이다.

"마지막까지 함께해줘서 고마워요."

"할머니를 배웅하지 못했다면 마음이 편치 않았을 거예요."

"나이 많은 어르신들과 지내다 보면 자연스레 세상을 떠나실 수도 있다는 생각을 마음속에 품고 살지만 그래도…… 이런 슬픔은 준비될 수 없는지 도무지 익숙해지지 않네요."

아마도 익숙한 이별이라는 건 존재하지 않는 모양이었다. 누군가를 떠나보냈다고 해서 그다음 이별이 괜찮아지는 건 아니었으니까. 이별이라는 건 어쩌면 영원히 적응되지 않는, 늘 마음 아픈 일일지도 모르겠다.

진짜 마지막이었다. 할머니들은 웃으며 손 흔들었지만 마음 한편이 편치 않아 보였다. 모두와 마지막 인사를 나눈 뒤 사랑의 집 안으로 들어가는 모습을 먼발치에서 바라보았다. 마지막 뒷모습까지 시야에서 사라지는 것을 확인한 후에야 발걸음을 옮겼다. 바라보는 것으로써 정말 마지막 인사를 하고 싶었는지도 모르겠다.

버스 정류장으로 향하며 언덕을 내려오는 길에 하늘을 올려다봤다. 밝게 비추는 햇살에 고개가 절로 숙여졌다. 나와는 어울리지 않는 것 같았다. 내가 지쳐 보일 때면 부모님이 내게 해주던 말이 있었다.

"힘들면 언제든 엄마, 아빠에게 말해줘. 우리가 네 문제를 해결해줄 수는 없어도 힘듦에 귀 기울여줄 수 있으니까."

 들어주는 게 별것 아닌 것 같아도 되게 중요한 거라고 했다. 힘듦을 마음속에 자꾸 담아두려고만 하면 어느 순간 고장 나고 만다고. 마음에 담을 수 있는 건 총량이 정해져 있다고. 그게 슬프고 힘든 일이라면 더더욱. 그래서 고장 나지 않도록 자꾸 비워내고, 비워진 자리에 행복도 채워 넣으며 좋은 감정들을 담는 연습을 해야 한다고 당부했다. 나의 마음은 오래전 고장 난 것인지도 몰랐다. 고칠 수 없게 되어 더 이상 쓸모없는 상태로.

 집으로 돌아와서는 곧바로 이불 속으로 들어갔다. 잠이 오지 않았지만 억지로 눈을 감고 잠들기 위해 애썼다. 그럴수록 사랑의 집 사람들과의 기억이 자꾸 돋아났다. 해달 할머니의 모습도 자꾸 어른거렸다. 그러다 나도 모르게 잠에 빠져들었다.

 알람이 울리고 눈을 떴다. 텅 빈 공간을 알람만이 채우고 있었다. 다른 사람의 인기척이라고는 찾아볼 수 없었다. 꿈을 꿨다. 요즘은 악몽 대신 희망 고문처럼 행복한 꿈을 꾸곤 했다. 마치 조금만 손을 뻗으면 잡을 수 있을 것처럼. 깨어나면 더 서글프고 허망해졌다.

모르겠다, 왜 이런 꿈을 꾸는 건지. 분명 행복한 꿈이었지만 슬퍼지는 기분이 들었다. 자리에서 일어나 창문을 열어 환기를 시켰다. 배송된 과일을 먹고 정해진 일정에 맞춰 마치 기계가 움직이듯 행동했다.

단체로부터 다시 연락이 온 건 해달 할머니의 장례식이 끝나고 삼 일이 지난 뒤였다.

내일부터 한 달간 유기 동물 보호소로 출근하게 됩니다. 그곳에서 지정된 업무를 수행하고 나머지 시간은 이전과 마찬가지로 정해진 범위 내에서 자유롭게 행동하시면 됩니다. 주어진 삶이 앞으로 두 달이 채 남지 않았으니 이점을 인지하고 최선을 다해주시길 바랍니다.

아주 잘 알고 있었다. 매일 밤 달력에 표시를 하고 남은 날짜를 손으로 세어보곤 했다.

죽는 일에 최선을 다한다는 것. 나와 같은 처지가 아닌 이상 이런 말을 듣는 이가 있을까.

곱씹을수록 이상하다. '죽는 일에 최선을 다한다.'

그러나 나는 최선을 다할 것이다. 그게 내가 할 수 있는 유일한 것이기 때문에…….

각자의 방식

첫날 나의 방문에 심하게 짖던 개들도 이 주의 시간이 지나자 꼬리를 흔들며 나를 반겼다. 얼굴이 익숙해진 모양이었다. 그중 대형견 한 마리가 유난히 나를 따르는 모습을 보였다. 이름이 푸름이라고 했다. 나를 좋아해주는 푸름이를 바라보고 있으면 많은 감정이 교차했다.

이곳의 업무를 크게 나누자면 견사 청소, 식사 배분, 산책, 목욕 등이 있었다. 이젠 어느새 업무를 제법 익혀 단기 봉사활동을 하러 오는 사람들을 안내해주는 위치가 됐다. 봉사자들이 모이면 가장 먼저 하는 일은 보호소 벽면에 부착된 안내문을 읽게 하는 것이었다. 이후 잠시 쉴 때 대부분의 사람들은 안내문 옆에 붙은 유기견들의 입양 공고를 읽곤 했다. 사진과 이름, 추정 나이가 적힌 공고 속 유기견들은 하나같이 행복한 얼굴을 하고 있었다. 나 역시 봉사활동 첫날 공고를 유심히 살펴봤다. 입양을 기다리는 강아지들의 표정이 너무 밝아서 누군가에게 버려졌었다는 사실조차 잊게 만들었다. 얼마 후 유기견의 사진 촬영을 담당하던 직원은 내게 진실을 알려주었다. 주인에게 버림받은 강아지들이 새로운 주인을 만나기 위해서는 최대한 예쁘고 단정해 보여야 한다고, 그래야 입양 확률이 올라간다고 했다. 그 말이 참 슬프게 느껴졌다.

자신들이 선택하는 것이 아닌 누군가에게 선택되고서도 원치 않는 버림을 받았지만 또 다른 가족을 만나기 위해 다시 일방적인 선택을 기다려야 한다는 것이 서글펐다. 나이가 많거나 병이 있으면 아무리 깨끗이 씻기고 예쁘게 미용을 해도 선택되기 어려운 게 현실이었다.

자신이 버려졌다는 것을 알고 체념하는 강아지들도 있었지만, 주인이 찾아올 거라고 철석같이 믿으며 매일 기대감을 품은 채 견사 입구를 바라보는 강아지들도 있었다. 물론 마음의 문을 닫고 사람을 멀리하는 강아지도 있었지만 또다시 상처받을까 두려워 그럴 뿐인 유기견이 대부분이라고 했다. 이 강아지들에게 주인은 세상의 전부였을 거라는 말이 영 잊히지 않았다.

푸름이는 사고를 당해 한쪽 다리를 절단한 상태였다. 큰 충격을 받았을 테지만 여전히 밝은 모습을 지니고 있었다. 보호소 직원들 모두 하나같이 푸름이 같은 녀석은 없다고 말했다.

푸름이는 발견 당시만 하더라도 사고를 당한 뒤 꽤 많은 시간이 경과한 상태였다. 피를 많이 흘렸고 회복하기엔 어려움이 있을 거라며 의사조차 기대하지 않는 편이 좋다고 말할 정도였지만 모두의 예상을 뒤집고 씩씩하게 회복했다.

푸름이의 사고 현장 근처에 있던 카메라에는 사고의 순간이 선명하게 남아 있었고, 수사에 큰 도움이 되었다. 수사한 지 며칠이 지나지 않아 가해자를 검거했다. 음주운전 등 운전자 상태에 이상이 있으리라 예상한 것과 달리 가해자는 음주운전 상태도 아니었고, 갑자기 사고를 일으킬 정도로 건강이 좋지 않은 것도 아니었다. 온전한 정신 상태, 평범한 사람이었음에도 푸름이를 차로 친 후 그대로 자리를 떠나버렸던 것이다.

보호소 직원이 가해자에게 왜 병원에 데려가지 않고 자리를 뜬 것이냐 묻자 가해자는 자신도 돈이 없어 병원을 못 가는데 떠돌이 개 주제에 무슨 병원을 가느냐며 화를 냈다. 자신은 신호를 잘 보고 갔을 뿐이고 개새끼가 갑자기 끼어든 것뿐이라며 오히려 자신이 정신적 피해를 입어 치료를 받아야 하니 당신들을 다 고소하겠노라고 큰소리 쳤다. 주인도 없는 유기견 좀 다치게 했다고 당신들이 나를 뭐 어쩌겠냐고 따져 물었다.

얼마 후 가해자는 자신이 예상한 것보다 큰 벌금을 낼 상황에 이르자 그제야 고의가 아니었다며 진심 없는 사과를 해댔다. 결국 벌금을 내게 되자 또다시 돌변해, 버려진 것에는 다 이유가 있다며 사고당하는 건 당연했다는 막말을 퍼부었다.

푸름이를 가만히 보고 있으면 그 가해자의 말이 떠오르곤 했다. 정말 버려진 이유가 있었을까. 아무리 생각해봐도 그런 이유는 없는 것 같았다. 어쩌면 처음부터 질문이 잘못된 것일지도 모르겠다. 어떤 이유에서든 버림받아야 하는 운명은 없으니까.

보호소 직원들은 이곳에서 가장 오래 머문 푸름이에 대해 모두 똑같이 말했다. 사람에게 상처받고 또 상처를 받았지만 그럼에도 사람을 향해 있는 친구라고. 푸름이가 좋은 주인을 만나 행복했으면 좋겠지만 불편한 몸 때문에 입양이 성사되기 어렵다고도 했다. 그동안 푸름이의 안타까운 사연을 듣고 찾아온 이들도 결국엔 다른 강아지를 입양해갔다고 한다. 아무래도 몸이 불편해 힘들 것 같다는 짧은 말을 주로 남겼다고. 대형견이라는 것도 입양의 장벽이 됐다.

한 직원은 내게 푸름이의 입양을 제안한 적이 있다. 나를 정말 잘 따른다는 이유 때문이었다. 하지만 내가 몇 달 뒤 한국을 떠날 것이라고 하자 아쉽다며 더는 말을 꺼내지 않았다. 나 역시 푸름이를 책임질 수 없다는 현실이 슬펐다.

각자의 방식

퇴근하기 전 푸름이가 있는 견사에 찾아갔다.

"내일은 맛있는 간식을 가지고 올게. 내일 보자, 푸름아."

집으로 돌아와 미리 주문해둔 재료들로 밤늦게까지 강아지 간식을 만들었다. 대충 잠을 청하고 일어나 정신없이 준비를 하고선 집 밖으로 나섰다. 오른손에는 휴대폰을 쥐고 왼손으로 쇼핑백을 들었다. 안에는 어제 매달려 만든 강아지들 간식이 담겨 있었다. 푸름이에게 줄 특제 간식은 특히 더 신경 써서 준비했다.

푸름이 다음으로 입양이 되지 않아 보호소에 오래 있던 구름이는 귀농을 하며 넓은 마당에서 강아지를 키우고 싶다는 중년 부부에게 선택되어 입양을 갔다. 긴 시간을 함께했던 친구가 하루아침에 사라진 터라 마음이 허전해진 탓인지, 늘 산책을 나가면 오래 있기를 좋아하던 푸름이가 한동안 힘없이 걸으며 금방 돌아오기 일쑤라 마음이 좋지 않았다. 이 간식 때문이라도 잠시 웃을 수 있기를 바랐다.

버스를 타고 얼마 되지 않아 사이렌을 크게 울리며

지나가는 소방차가 보였다. 도로의 차량 이동을 부탁하는 안내 방송도 함께 나오고 있었다. 그때 귀에 꽂힌 이어폰에서 흘러나오던 노랫소리가 멈췄다. 지난밤 충전을 하지 못해 휴대폰 배터리가 벌써 나간 것이었다. 근처에 불이 난 건지 검색하려 했는데 그럴 수 없게 됐다. 그저 줄지은 차량 사이로 빠져나가는 소방차의 뒷모습을 가만히 바라봤다. 소방차가 시야에서 사라지고 이내 소리마저 들리지 않게 되자 나를 포함한 버스 안 사람들은 다시 아무 일도 없던 것처럼 방금 전의 일상으로 돌아갔다.

버스 하차벨을 누른 뒤 자리에서 일어서 뒷문을 향하던 차였다. 그때 누군가 나를 붙잡았다. 고개를 돌려 바라보니, 내게 쇼핑백을 가져가라며 손짓하는 사람이 보였다. 다른 생각을 하다 바보같이 강아지 간식을 두고 내릴 뻔한 것이었다. 고개를 숙여 짧은 인사를 하고는 쇼핑백을 챙겨 들고 버스에서 내렸다.

초등학교 오학년 겨울방학, 같은 아파트 단지에 사는 친한 친구가 있었다. 어느 날 친구는 다음 날 가족과 캠핑을 간다면서도 늦게까지 나와 함께 놀았다. 캠핑을 다녀오면 나를 가장 먼저 보러 오겠다고 약속한 친구는 와야 할 날이 한참이 지나도 찾아오지 않았다. 의아해하며 혹시라도 내게 기분 나쁜 일이 있었던 건 아닐까 생각했다. 친구를 만나러 찾아가려 했을 땐 부모님이 말렸다. 친구가 먼 곳으로 떠나서 아직 돌아오지 않았다고 했다. 나는 그 말을 그대로 믿었다.

길게만 느껴지던 겨울방학이 끝나고 설레는 마음으로 학교로 향했다. 육학년이 되는 기대감에 들떴고, 방학 동안 있던 일을 친구들과 나눌 생각에 신이 나 있었다. 한동안 못 본 그 친구도 이제는 만날 수 있다는 기쁨도 물론이었다. 그런데 개학한 지 며칠이 지나도 그 친구는 나타나지 않았다. 아직 돌아오지 않은 걸까, 궁금해하던 차에 충격적인 소식을 들었다. 친구가 죽었다는 것이었다.

캠핑장에서 친구는 부모님이 잠깐 자리를 비운 사이 직접 난로의 기름을 채웠다고 한다. 초등학생이 하기 힘든 일이었지만, 아빠가 기름을 채워 넣던 모습을 봤던 친구는 자신도 할 수 있다며 기름통을 들었고 생각보다 무거웠던 탓에 캠핑장 바닥에 기름을 과도하게 흘렸다고. 다행히 기름이 찬 난로가 작동됐고, 친구는 자신이 해낸 일을 뿌듯하게 여겼을 것이다. 나도 그런 친구를 봤다면 멋지다고 생각했을 것이다. 그러나 딱 거기까지였다. 거기서 멈췄어야 했다. 친구가 성냥을 가지고 놀기로 마음먹은 것은 잘못된 일이었다. 혼자 심심했던 친구는 성냥에 불을 켰고 아무 생각 없이 불붙은 성냥을 바닥에 던지고 말았다. 방금 전 기름을 흘린 곳에 말이다.

불은 순식간에 친구가 있던 캠핑장을 덮쳤다. 당장 밖으로 뛰쳐나왔다면 괜찮았을지도 몰랐다. 하지만 친구는 겁을 먹었고, 우물쭈물하는 사이 불은 손쓸 수 없을 정도로 빠르게 번져나갔다. 친구는 그렇게 세상을 떠났다.

부모님은 소식을 들어 알고 있었지만 내가 충격을 받을까 봐 말해주지 않았다고 했다. 이후 같은 반 친구들과 함께 늦게나마 친구의 납골당에 찾아갔다. 작은 유리함에 담긴 사진 속 환하게 웃고 있는 친구의 얼굴을 오래 바라봤다.

며칠 후 저녁 시간 우리 집 현관문 벨이 울렸다. 엄마는 잠시 밖으로 나갔다 들어오더니 내게 친구의 부모님이 찾아왔고, 잠시 이야기를 나누고 싶어한다고 했다.

나는 친구의 부모님을 위로하고 싶었지만 어떤 말로 위로를 해야 할지 몰랐다. 고개 숙이며 작은 목소리로 인사할 뿐이었다. 그런데 갑자기 친구의 부모님이 무릎을 꿇어 앉아 나를 끌어안고 눈물을 흘렸다. 친구의 아버지는 미안하다고 말했고, 친구의 어머니는 계속 울었다. 나도 울고 싶었지만 눈물이 나오지 않았다. 왜인지는 알 수 없었다.

몇 달 뒤 친구의 부모님은 우리 가족에게 마지막 인사를 하러 다시 찾아왔다. 친구와의 추억이 담긴 동네에서 더 이상 살 수 없을 것 같다며 먼 곳으로 떠난다고 했다. 내게는 친구가 가장 아끼던 장난감을 선물해 주었다. 평소 친구 집에 놀러 가면 가장 부럽고 탐나던 것이었다. 내 머리를 한 번 쓰다듬고 잘 지내라는 말을 하고선 두 분은 집을 나섰다.

나는 그들에게 끝내 아무 말도 못 했다. 갖고 싶던

장난감을 선물받았지만 전혀 기쁘지 않았다. 친구 집에서 그것을 볼 때마다 내 것이라면 정말 행복할 것 같았는데, 이렇게 손에 쥔 장난감은 내가 그토록 원하던 게 아니었다.

부모님은 씩씩하게 친구를 보내줬다며 나를 안아주었다. 그런데 그 말을 듣고선 그대로 자리에 주저앉아 펑펑 울고 말았다. 그러고 보니 나는 처음부터 친구를 보낸 적이 없었다. 어쩌면 부정하고 싶었던 건지도 몰랐다. 친구가 정말 떠난 것이 아니라 언제든 돌아와 내게 캠핑에 대해 자랑할 거라 믿었는지도.

소방차의 사이렌 소리가 기억 저편에 묻혀 있던 오랜 기억을 꺼냈다. 길을 걷는 사이 또 한 대의 소방차가 빠르게 내 앞을 지나갔다. 소방차는 포장되지 않은 길로 진입하기 위해 시도하고 있었다. 그 모습을 본 나는 갑자기 정신이 번쩍 들었다. 있는 힘을 다해 뛰기 시작했다. 달리는 동안 수많은 생각이 머릿속을 스쳐 지나갔다. 내가 생각하는 일이 아니기를 바라고 또 바랐다. 가슴 아픈 기억은 그저 우연히 떠오른 것뿐이라고 생각하고 또 생각했다. 그리고 익숙하게 펼쳐질 모습들을 떠올렸다. 푸름이가 꼬리를 흔들며 반기는 모습, 그렇게 시작되는 평화로운 일상. 어떻게든 안정감을 찾으려는 마음과 달리 한 손에 들린 쇼핑백은 사방으로 요동쳤다. 그것을 품에 안고 뛰어가려는 순간, 무언가에 걸려 넘어지고 말았다.

쇼핑백이 공중으로 붕 뜨더니 이내 바닥으로 떨어졌다. 간식들은 길바닥에 쏟아졌고 무릎에서는 통증이 느껴졌다. 곧장 일어나려 했지만 통증 때문에 몸을 일으킬 수 없었다. 이내 바짓단 사이로 무언가 흘러내렸다. 붉은색이었다. 정신없이 손바닥에 묻은 흙을 털어내고 근처에 있던 간식들을 봉투 안에 주워 담았다. 가방 속에 넣어둔 휴지를 꺼내 급하게 상처 부위에 대고 강하게 눌렀다. 걸려 넘어진 커다란 돌부리가 보였다. 더는 지체할 수 없어 한 손으로 바닥을 짚은 채 조심히 일어났지만 눈물이 날 정도로 고통이 느껴졌다. 뛰어가고 싶은 마음이 굴뚝이었지만 걷는 것조차 무리였다. 길가에 떨어져 있던 나뭇가지를 주워 들고 절뚝거리며 걸음을 재촉했다.

보호소에 가까워지자 나의 바람은 산산조각 나고 말았다. 발걸음을 멈추고 눈앞에 펼쳐진 믿을 수 없는 광경을 멍하니 바라봤다. 보호소 건물 한 동이 불타고 있었다. 무릎 통증 때문인지 아니면 너무 놀라서인지 몸에 균형을 잃고 그대로 주저앉았다. 보호소 직원들은 소방관들과 함께 분주히 움직이며 불을 끄기 위해 노력하고 있었다. 여기저기서 동물들이 울부짖는 소리가 들려왔다. 불이 난 동은 대형견들이 지내고 있는 건물이었다. 그곳엔 푸름이가 있었다.

"그거 알아요? 구름이를 입양해 갔던 중년 부부 있잖아요. 마지막까지 푸름이랑 구름이를 고민했대요. 보호소에 오자마자 부부는 이곳에서 제일 오래 지낸 아이가 누군지 물었대요. 그래서 푸름이를 보여주고 그다음에 구름이를 보여줬다고 해요. 두 아이 모두 이곳에서 오래 지냈고, 때마침 중년 부부도 대형견을 원했다니 다행이었죠. 부부의 집이 시골이니 무섭기도 하고 든든하게 지켜줄 아이를 원했다면서, 누구를 데려갈지 고민하다가 끝내 구름이를 입양했죠. 역시 푸름이는 몸이 불편하기 때문에 구름이를 골랐다고 생각했는데 나중에 들어보니 사정이 있더라고요. 아내분이 몇 년 전 사고를 당해서 오른쪽 다리를 절단했대요. 사고 후유증 때문에 일상생활도 무너지고 마음도 점차 약해지는 모습에 남편분이 시골로 이사를 결심했다더라고요. 그런데 자신과 같은 처지의 동물을 내내 보고 있으면 얼마나 마음이 아프겠어요. 그래서 구름이를 데려간 거래요. 푸름이도 알고 있을 거예요. 몸이 불편해서 계속 선택받지 못한다는 걸요. 안타까울 뿐이에요. 저렇게 사람을 좋아하는데."

이렇게 허무한 이별은 생각하지 못했다. 예상조차 할 수 없었다. 작별을 전하는 쪽은 내가 되어야만 했다. 어떤 동물에게도 마음을 주지 않아야겠다고 마음먹었었다. 정해진 기간을 채우고 떠나면 그만이라고. 어차피 떠나게 될 뿐인데 마음을 주고서 사라져버린다면 또 한 번의 상처를 주는 것이나 마찬가지였으니까. 그러나 푸름이는 이런 내게, 아무것도 아닌 내게 줄곧 마음을 드러냈다. 마치 내가 세상의 전부인 것처럼…….

다시 정신을 차린 건 서 있던 나를 발견한 직원의 부름 때문이었다. 내가 어떻게 된 일이냐고 묻자 누군가 방화를 저지른 것이라고 했다.

"대형견들은 어떻게 됐을까요? 미처 피하기 힘들었을 텐데."

"정말 다행히도 오늘 저 건물 청소가 예정되어 있어서 어제 저녁에 대형견들을 다른 건물로 이동시켰어요. 화재는 밤사이 일어났고요. 일정이 변경되었거나 아침에 이동시켰더라면 진짜 큰일이 날 뻔했죠. 안심이 되면서도 이후가 걱정이에요. 아이들 보금자리가 없어져서 어떡해야 할지 모르겠어요. 임시방편일 뿐이지, 그 건물에 계속해서 수용할 수 없을 테니까요."

가슴을 쓸어내렸다. 안심이 되니 조금 힘이 났다. 일어나 돕겠다고 말하고서 크게 휘청거렸다. 직원은 내 다리에서 피가 난다며 응급처치부터 해야 한다고 말했다. 하는 수 없이 화재가 진압되는 것을 지켜볼 수밖에 없었다.

어느 정도 시간이 지나니 취재를 왔던 이들도 떠났

고, 나는 잔재만 남은 건물 앞에 서 있었다. 조립식으로 지어진 건물은 불 앞에서 흔적도 없이 사라지고 말았다. 처음부터 존재하지 않았던 것처럼.

개들이 짖는 소리가 멈추지 않고 들려왔다. 많이들 놀랐을 것이고 갑작스러운 상황이 적응되지 않는 건 동물들도 마찬가지일 것이었다. 푸름이를 보러 가고 싶었지만, 수습에 정신없는 상황에서 불편한 몸까지 이끌고 사고 현장에 머무는 게 괜한 피해를 주는 것 같아 집으로 돌아갔다. 푸름이가, 다른 대형견들이 잘 있다는 것을 확인했으니 가능한 일이었다.

그날 밤 뉴스에서는 화재에 대해 보도됐다. 보호소에서는 건물이 수습되는 동안 봉사활동은 나오지 않아도 된다고 연락해왔다. 단체는 상황을 알고 있을 테지만 내게 연락하지 않았다. 그렇기에 나도 며칠 동안 다친 다리의 물리치료를 받으며 회복하는 데 힘썼다.

반복되는 날들 사이로 이제는 나도 나를 잘 모르겠다는 생각이 들었다. 불행한 삶을 마감하고 사랑하는 가족들을 만나게 될지 모른다는 기대감이 부풀어 올랐었다. 적어도 단 몇 달 만이라도 사람답게 살 수 있을 것이라는 생각에 힘이 나기도 했다. 그럼 죽어도 여한이 없다고, 세상 사람들에게 단 일 프로의 피해조차 주지 않아도 될 뿐이고 나아가 다른 이들을 살리는 일을 할 수 있다면 충분하다고 느꼈다. 지시된 일을 따랐고, 덕분에 좋은 사람들을 만났다. 이 정도면 됐다고 위안을 삼아봤지만 죽음에 가까워져갈수록 굳게 마음먹던 것들은 흐릿해져갔다. 의문이 들기도 했다. 그들은 나에게 좋은 사람들을 만나게 하고, 사랑스러운 동물들을 만나게 했다. 어쩌면 나도 모르는 사이 행복에 젖어들었을 때, 죽음이 더 처절하게 다가오도록 하기 위한 장치일지도 몰랐다. 세상에 공짜는 없다고 부모님은 늘 입버릇처럼 말하곤 했다. 무언가를 받으면 다시 무언가를 주는 것이 이치라고. 물론 내 목숨을 내놓겠지만.

잠들기 전 나의 하루하루는 행복한 꿈을 이어가는 것뿐이라고 다짐하고 또 다짐했다. 언젠가 꿈에서 깨어날 때 놀라지 않길 바라면서. 마주한 현실에 무너지지 않기를, 담담히 받아들일 수 있기를.

지나가는 사람을 붙잡고 나의 상황을 말한다면 미

친 사람 취급을 할지도 몰랐다. 물론 말할 수도 없고 그렇게 해서도 안 된다는 것을 아주 잘 알고 있었다. 그럼에도 나의 이야기를 들은 이가 내게 하루아침에 죽음을 받아들이고 이렇게 아무렇지 않게 살고 있는 거냐고 묻는다면, 사는 것이 원래 그렇지 않느냐고 말할 것 같았다. 죽고 싶다가도 아무렇지 않은 듯 살아가는 게 우리의 삶일 뿐이라고. 정말 죽게 된다면 그대로 끝나버리는 게 삶일 뿐이라고. 하지만 사람들은 죽기보다 살기를 택할 뿐이고, 그 사이에 죽음을 택한 나는 마찬가지로 아무렇지 않은 듯 받아들이는 것뿐이라고.

경험해보지 못한 것을 쉽게 판단할 수는 없다. 죽음을 경험해본 이가 있을까. 그 문턱 사이에서 다시 살아남는다면 삶을 가치 있게 바라보게 될까. 쓸데없는 생각을 하는 나를 다잡았다. 그런 생각은 필요가, 쓸모가 없다. 그저 주어진 대로 살아가도록 노력해야 할 뿐이었다. 마치 나의 끝이 정해지지 않은 듯 매일매일을 말이다.

보호소에서 연락이 온 건 화재 사고가 발생한 지 삼

일이 지난 저녁이었다. 범인이 잡혔다는 소식이었다. 소식을 들은 다음 날 아침 뉴스에서는 유기 동물 보호소 방화범이 경찰서에 자수를 했다는 내용을 전했다. 왜 그런 일을 저질렀냐고 묻는 취재진의 질문에 방화범은 당당하게 답했다. 주인도 없는 떠돌이 개를 조금 다치게 했다고 벌금형을 받은 게 너무 분했다고. 아직도 이해하지 못하겠다고. 개보다 나은 게 사람이 아니냐고. 그럴 수도 있는 것 아니냐고. 방화범은 바로 푸름이를 다치게 했던 그 남자였다.

다행인 일이 있다면, 화재 사건 소식이 뉴스에 퍼지자 전국 각지에서 보내오는 후원금과 물품, 자원봉사 신청이 넘쳐나고 있다고 했다. 다리도 크게 다쳤으니 봉사활동은 그만 나와도 괜찮다고 보호소 직원은 말했다. 봉사 기간 한 달을 채우지 않았어도 충분히 넘치는 노력을 해줬다고도 해주었다. 아쉬운 마음이 들었지만 어쩔 수 없었다. 아픈 다리로 억지로 나갈 수도 없었다. 이렇게 된 이상 내게 한 달 출근을 지시했던 단체는 또 다른 연락을 해올 것이었다.

제대로 된 인사도 하지 못하고 통화를 끝으로 마무

리되나 싶었다. 직원은 시간 되면 언제라도 좋으니 놀러 오라는 말과 함께 끝으로 부탁이 있다고 말했다. 푸름이를 맡아줄 수 있느냐는 것이었다. 푸름이가 나를 잘 따랐고, 견사가 사라지며 다른 동물들과 함께 있기를 어려워하기 때문에 잠시라도 맡아줄 이가 필요하다고 했다. 직원도 내 사정을 알고 있었기에 긴 시간이 되진 않을 거라고도 했다. 확정된 건 아니지만 푸름이 입양을 희망하는 이가 있고, 시간이 맞지 않아 이 주 뒤 방문할 예정이라며 그때까지만이라도 가능하다면 부탁한다는 말이었다. 거절해도 된다고, 충분히 이해한다면서.

안 된다는 마음부터 들었다. 더 이상 정이 들면 힘들 것 같다는 생각 때문이었다. 마음을 주고 또 주다 보면 이별하기 힘들어질 게 뻔했다. 이 정도에서 마무리하는 게 나에게도, 푸름이에게도 좋지 않을까 생각했다. 그렇게 적당한 거리를 유지한 채 의도하지 않은 이별을 맞이하는 게 더 좋을 것 같았다. 무엇보다 내 마음대로 선택할 수 있는 일이 아니었다. 그런데 그때 문자가 왔다.

봉사활동이 중지되었으므로 남은 기간은 유기견 임시 보호를 하는 것으로 대체하겠습니다.

*

설거지를 끝내고 겉옷을 입자 소란함이 느껴졌다. 밖으로 나가는 것을 눈치라도 챈 것인지 바닥에 누워 있던 푸름이가 어느새 현관 옆에 놓여 있던 목줄을 가져와 내 앞에 내려놓았다. 그 모습을 보고는 미소를 짓고 말았다.

"그래, 산책하러 가자."

공원에는 많은 사람이 있었다. 그 안으로 조금씩 나아갔다. 보조 기구를 착용한 덕분에 푸름이의 발걸음은 한결 가벼웠다. 푸름이와 나는 매일 아침 일어나 산책을 하고 저녁을 먹은 뒤 또 한 번 산책을 나갔다. 푸름이는 새로운 공간에 빠르게 적응했다. 마치 처음부터 함께였던 것처럼 느껴졌다. 잠을 잘 때면 내 옆으로 파고드는 푸름이 덕분에 외로움을 느낄 틈이 없었다. 예정된 헤어짐 앞에서 또 하나를 배웠다. 이별이라는

각자의 방식

말이 꼭 슬픈 것만은 아니라는 것. 이별을 하지 않는 것이 최선일지 모르겠지만 그럼에도 아름다운 이별이라는 말은 정말 존재할 수 있지 않을까.

며칠 뒤 보호소에서 연락이 왔다. 달력을 보니 표시해두었던 날짜가 내일임을 알려주고 있었다. 아침 햇살이 바람으로 흔들리는 커튼에 가려져 들어왔다 나가기를 반복했다. 푸름이는 내 곁에서 웅크려 잠을 자고 있었다. 아침을 주기 위해 사료 봉지를 뜯자 푸름이의 귀가 쫑긋거렸다. 이내 자리에서 일어나 나를 마주 봤다.

"잘 잤어? 이제 네게 가족이 생길 거야."

푸름이는 나의 말을 알아듣는 것처럼 고개를 갸우뚱거렸다.

"나처럼 잠깐 스쳐 지나가는 사이가 아니라 평생 동안 함께할 가족 말이야."

이번에는 푸름이는 별다른 반응을 하지 않았다.

"밥 먹자."

나갈 준비를 끝마치고 푸름이에게 목줄을 채웠다.

지난밤 목욕을 시키며 평소보다 더 정성을 들였다. 행여나 좋지 않은 모습을 보이면 마음이 바뀌어 함께하지 못하면 어쩌나, 하는 걱정이 들었기 때문이다. 내가 살아 있는 동안 푸름이가 잘 지내는 모습을 볼 수 있다면 더 바랄 게 없을 것 같았다. 어디에도 속하지 못한 채로 맴돌기만 한다면 정말이지 너무 슬플 것 같았다. 그런 존재는 나 하나만으로 만족하고 싶었다.

햇살은 눈부셨다. 길가의 나무들은 푸른빛으로 물들어갔다. 나의 마지막 여름은 꽤 나쁘지 않은 기억으로 남을 것 같았다. 긴 시간 자리를 비운 것도 아닌데 보호소는 이전의 모습을 찾아볼 수 없을 정도로 정돈된 상태였다. 임시로 지어진 조립식 건물 뒤로 공사가 진행되고 있는 게 보였다. 후원금으로 새로운 건물을 짓고 있었다.

"많이 바뀌었죠? 세상에는 정말 좋은 분들이 많다는 걸 이번 일을 통해 다시금 깨달았어요. 겨울이 오기 전에는 공사가 마무리된다고 해요. 강아지들이 더 이상 추위를 걱정하지 않아도 된다고 생각하니 설레요. 매일매일 감사함을 잊지 않고 살고 있어요. 아, 푸름이 얼굴이 정말 좋아졌네요. 집에서 지내는 동안 행복했을 모습이 그려져요."

직원들은 나를 반기며 인사했다. 다시 볼 수 없을 줄 알았던 이들과의 만남이 푸름이 덕분에 성사된 것이었다.

"안으로 들어가요. 입양 희망자분들이 안에서 기다리고 계세요."

흙바닥을 피하기 위해 푸름이를 번쩍 안아 들었다. 푸름이는 내 품에 안겨 편안한 자세를 취했다.

문을 열고 들어서자 나는 뜻밖의 상황에 깜짝 놀라고 말았다. 푸름이가 품에서 벗어나려 몸을 요동쳤다. 평소에는 잘 짖지도 않던 녀석이 얼마나 신이 나는지 큰 소리를 내며 반가워 어쩔 줄 몰라 했다. 바로 눈앞에 구름이가 있었기 때문이다. 어떻게 된 일인지 어안이 벙벙한 나에게 직원은 말해주었다.

"구름이 입양해 갔던 분들 기억하시죠? 이분들이 푸름이까지 입양을 하고 싶다고 다시 연락을 해오셨어요. 댁으로 돌아간 뒤에도 자꾸 마음에 걸려서 잠을 잘 수 없었다고 하시더라고요."

나는 중년 부부와 짧은 인사를 나누었다. 그들은 내게 고마움을 드러냈다. 자신들이 이전에 보고 갔을 적보다 푸름이가 더 행복해 보이는 것 같다고도 해주었다. 마찬가지로 푸름이를 만나 기분이 좋아진 구름이를 흐뭇하게 바라보던 남편분이 입을 열었다.

"이곳 화재 소식을 접하고 얼마나 놀랐는지 몰라요. 구름이를 데리고 돌아간 뒤에도 매일 고민을 했는데, 혹시나 잘못되어 두 번 다시 만나지 못한다면 평생 후회할 것 같더라고요. 당장 달려오고 싶었지만 사정이 생겨 시간이 좀 걸렸습니다. 다행히 좋은 임시 보호자분이 있다며 걱정하지 않아도 된다는 말을 들었지요. 마음이 놓이더군요. 이렇게 얼굴을 보니 정말 좋은 분 같다는 생각이 들어요. 구름이도 이제 친구가 생겨서 외롭지 않게 더 잘 지내겠지요. 진작 그랬어야 했는데 왜 그리 망설였는지······."

그는 머리를 긁적이며 미소를 지었다. 처음 마주한 순간부터 아무런 말도 하지 않던 아내는 남편의 말이 끝나자 조심스레 말을 꺼냈다. 침묵으로 일관하던 아내가 입을 열자 남편도 조금 놀라는 눈치였다.

"제 인생에 사고라는 건 존재하지 않을 거라고 생각했어요. 왜, 다들 그러잖아요. 뉴스에서 매일 사람들이 다치고 세상을 떠나는 모습을 접하면서도 정작 자신이 그렇게 될 거라고는 전혀 예상하지 못하고 살아요. 저도 마찬가지였지요. 하루아침에 변해버린 제 자신을 견디는 게 너무 싫어 죽을 생각까지 했었어요."

남편도 이런 이야기는 처음 듣는 건지 놀란 표정을 지었다. 아내는 그런 남편의 손을 조심스레 잡았다.

"지금은 그런 생각은 하지 않아요. 곁에서 저를 지켜주는 남편 덕분에 많은 힘을 얻게 됐거든요. 얼마 전 구름이를 만나고 나서부터 제 자신이 변하고 있다는 걸 느꼈어요. 사실…… 푸름이를 처음 보던 순간엔 감추고만 싶던 아픔이 드러나 많이 힘들었어요. 푸름이를 보고 있으면 왠지 나를 보는 것 같아서, 한편으로는 안타까워 함께하고 싶다가도 다른 한편으로는 보고 싶지 않아 피해버렸어요. 그런데 집에 가서도 자꾸 푸름이 생각이 나더라고요. 밝게 웃는 푸름이가, 힘차게 뛰려고 하는 푸름이가 말이죠. 그래서 남편에게 조심스레 말을 꺼냈어요. 푸름이도 입양하고 싶다고. 아픔을 언제까지나 피하고 살 순 없겠죠. 어떤 경우에는 두려워 피하던 것들을 막상 마주하고 나면 아무것도 아니었다는 걸 깨닫게 되더라고요. 제게는 입양하고자 했던 마음이 그랬던 것 같아요. 결심하고 나니 그동안 했던 우려와 걱정들이, 슬픔들이 흐릿해지는 게 느껴졌어요. 어쩌면 다들 저마다의 아픔을 안고 살아가는지 몰라요. 겉으로 드러나거나 드러나지 않을 뿐이겠죠."

아내의 말이 끝나자 남편은 눈물을 글썽거리며 아내를 끌어안았다. 나를 포함해 아무도 아무 말도 하지 않았다. 말하지 않아도 우리는 모두 같은 생각을 하고 있었을 것이다. 아픔을 안고 살아가는 모든 이들이 행복하기를 바란다는 생각. 푸름이와 구름이는 바닥에 드러누워 우리 모두를 가만히 바라보고 있었.

'푸름아, 나는 참 운이 좋은 사람 같아. 너를 만나서 또 네가 좋은 분들에게 가는 모습을 볼 수 있어서.'

간단한 서류를 작성하고 확인이 끝나자 부부는 떠날 준비를 했다.

"이건 별건 아닌데요. 푸름이가 좋아하던 장난감

각자의 방식 133

그리고 남은 간식들이에요. 이제 저에게는 필요 없을 테니까요."

부부는 고맙다며 내가 건넨 쇼핑백을 받았다. 우리는 서로 미소를 지으며 인사했다.

구름이는 익숙한 듯 차 뒷좌석에 자리를 잡고 앉았다. 푸름이는 그런 구름이를 멍하니 바라봤다.

"네 가족들이야. 너와 평생을 함께할 가족. 더 이상 혼자 있지 않아도 돼. 어서 타. 이제 행복한 보금자리로 떠나야지."

푸름이는 머뭇거렸다. 나와 헤어진다는 것을 알고 있는 걸까. 나는 다시 말했다.

"어서 타야지. 걱정하지 마. 앞으로는 행복이 가득할 거야."

조수석에 앉은 구름이가 짖자 푸름이가 조심스레 차에 올라탔다. 부부는 우리에게 마지막 인사를 한 뒤 차에 올랐다. 시동을 걸고 출발하는 차가 조금씩 멀어져갔다. 창 너머로 푸름이의 모습이 보였다. 세차게 손을 흔들어 보였다.

보호소 직원들과 마지막 인사를 하고 걸음을 옮겼

다. 또 한 번의 이별을 맞이했고, 내게 주어진 두 번째 일이 끝났다. 해달 할머니는 무지개 너머에 있는 가족들을 만났을까. 그곳에서는 아무런 걱정도 없이 행복할까……. 버스를 타고 돌아오는 동안 단체의 문자를 받았다.

처음 당부드린 상호 신뢰에 대해 잊지 않고 두 달이 넘는 시간 동안 잘 따라와주셨습니다. 이번에 보내주신 건강 수치 또한 매우 정상적임을 확인했습니다. 남은 시간은 불과 한 달이 채 되지 않습니다. 이에 더 이상의 일을 부여하지 않기로 했습니다. 하고 싶었던 것이 있다면 제약 없이 수행하시길 바랍니다. 그럼 머지않아 다가올 만남을 준비하고 있겠습니다.

그들은 내게 반복적인 생활과 함께 건강검진서를 제출하도록 지시했었다. 나는 매주 검사를 받고 건강에 이상이 없음을 문서로 제출해왔다. 그들은 내 일상 속으로 깊숙이 파고들기보다는 지켜보는 방법을 취했다.

이제 더 이상 그들의 지시에 따라 새로운 사람들을

만날 일도, 새로운 공간에 가야 할 일도 없었다. 마음이 홀가분했지만 한편으로는 정말 끝이 다가오고 있음을 실감하게 됐다. 처음 큰돈이 생겼을 때만 하더라도 가고 싶었던 여행을 가고, 좋은 옷을 사 입고, 비싼 음식을 사 먹고도 싶었지만 점차 시간이 지날수록 그런 것들은 내게 무의미할 뿐이라는 생각이 들었다. 그저 하루하루를 아무렇지 않은 듯 평범하게 잘 마무리한다면 그것만으로 충분했다.

며칠 전 수진 씨에게 연락이 왔다. 시간이 된다면 여행을 떠나기 전 팀장님과 함께 보고 싶다고. 아쉽지만 일정이 바빠 시간이 안 될 것 같다는 핑계를 댔다. 그들을 만나면 내 마음이 요동칠 게 뻔했기 때문이다. 이렇듯 마지막이라는 말은 내게서 많은 것을 멀어지게 했다.

엄마와 아빠가 안치되어 있는 납골당에 찾아갔다. 작은 공간 속 두 분은 나란히 위치하고 있었다. 두 분 옆에 나까지 놓인 모습이 떠올랐다. 눈물이 흘러내렸다. 재빨리 소매로 눈물을 닦아냈다. 부모님에게 나의 슬픈 모습을 보여주고 싶지 않았다. 나는 지금 슬픈 게 아니라 누구도 겪어보지 못할 귀중한 기회를 얻은 거라고 생각했다. 쓸모없이 죽는 인생이 아니라 누군가들을 살리는 멋진 인생을 갖게 되는 것이라고. 어느 누구도 나라는 존재를 기억해주길 바란 적 없지만 적어도 두 달 동안 나를 마주했던 이들의 기억 속 한편에 내가 담긴다면 정말 고마울 것 같았다. 마지막으로 부모님에게 인사를 하고 건물을 나서려던 순간 누군가와 부딪혔다. 고개를 들자 어느 노부부가 있었다. 할머니는 눈물을 흘리고 있었고, 할아버지는 그런 아내를 부축하던 와중에 나와 부딪힌 것 같았다.

"미안해요. 우리가 앞을 제대로 보고 걸었어야 했는데."

"아니에요. 괜찮습니다."

짧은 인사를 뒤로하고 그들을 지나쳐 걸어갔다. 몇 발자국 걷다 뒤를 돌아보았다. 할머니는 힘이 빠진 것인지 그 자리에 주저앉았고 할아버지는 그런 아내 곁에 가만히 서 있었다. 나는 근처에 있는 편의점에 들러 생수를 사서 그들에게 다가갔다.

"괜찮으세요? 물이라도 드시면 조금 나아지실 거예요."

할아버지는 물을 받아 들고 고맙다고 인사한 뒤 뚜껑을 열어 아내에게 건넸다. 할머니는 조심스레 한 모금을 마시고 고른 숨을 쉬며 진정하는 모습을 보였다.

"고마워요. 처음 본 노인네들을 신경 써줘서."

"아니에요. 별것도 아닌데요."

잠시 침묵이 흘렀고, 나는 갑자기 어떤 말이라도 해 드리고 싶었다. 해달 할머니가 생각나서였을까.

"날씨가 정말 좋아요. 이렇게 좋은 날 사랑하는 가족들이 슬퍼하면 분명히 이곳에 있는 가족도 기분이 좋지 않을 거예요. 밖에 큰 나무 아래 벤치가 있던데 그곳에 가서 잠시 쉬시는 게 어떨까요?"

나와 할아버지의 부축에 할머니가 일어났다. 우리 세 사람은 바깥으로 나와 벤치에 앉았다. 한산함이 느껴졌다. 이따금 지저귀는 새소리와 바람에 흩날리는 나무의 소리가 전부였다. 할아버지가 입을 열었다.

"총각은 무슨 일로 왔어요?"

"부모님을 보러 왔어요. 이곳에 어머니, 아버지가

모두 계시거든요."

나는 노부부가 왜 이곳에 온 건지 물은 수 없었다. 그런데 할머니가 조심스레 말을 꺼냈다.

"딱 총각 나이쯤 됐을 거예요. 내가 아이를 낳기 힘들지도 모른다는 말을 병원에서 듣고, 남편은 그건 아무런 상관이 없다며 우리 둘만 행복하면 된다고 말했었어요. 하지만 나는 괜찮지 않았어요. 아이를 갖기 위해 더 노력했어요. 결혼한 지 십 년째 되던 해였죠. 우리 두 사람 모두 이제 그만 포기해야겠다고 마음먹은 때에 하늘에서 천사를 보내줬어요. 남편하고는 우스갯소리로 늘 그런 말을 했어요. 이렇게 좋은데, 아이를 갖지 않았으면 진정한 행복을 몰랐을 거라고요. 아이가 넘어지면 내가 두 배로 아픈 것 같았고, 아이가 웃을 때면 마찬가지로 두 배 더 행복한 기분이었어요. 아이는 단 한 번도 기대에 어긋나지 않게, 정말 바르게 잘 자랐어요. 이제 취직을 했으니 우리를 호강시켜주겠다고 말하는 아들을 보고 얼마나 많은 생각이 교차하던지. 나이 든 우리가 짐이 되지 않을까 노심초사했는데 오히려 우리를 호강시켜주겠다고 하니 말

각자의 방식

이죠. 그런 아들이 떠난 지 오늘이 딱 세 달째네요. 엄마가 먹고 싶다고 한 음식을 사 오던 길에 그만……. 내 잘못이지. 주책 맞게 그런 이야기를 왜 해서……."

할머니는 말을 잇지 못하고 눈물을 닦아냈다. 할아버지가 그런 할머니의 등을 토닥이고는 이어 말했다.

"교통사고였어요. 초록불에 횡단보도를 건너는데 신호위반을 한 차에 그만 사고를 당해서 손쓸 새도 없이 현장에서 숨을 거뒀죠. 처음에는 이게 무슨 말도 안 되는 일인가 싶었어요. 그럴 리가 없잖아요. 아들이 죽다니. 당연히 우리 부부가 먼저 세상을 떠나리라 예상했는데 아들이 먼저 가는 게 어디 있어요. 아무 잘못도 없는데. 이건 너무 불공평한 일이잖아요."

할아버지는 눈물이 솟아 나오려는 것을 참고 숨을 크게 한 번 들이쉬었다.

"할머니 탓이라고 생각하지 마세요. 그럼 아드님이 더 힘들 거예요. 저도 부모님을 떠나보낸 뒤로 잘해드리지 못한 것들만 매 순간 떠오르더라고요. 먹고 싶다고 말했던 것들을 한 번이라도 더 사드릴걸. 기기 작동이 서툴러 사용법을 물었을 때 더 친절하게 알려릴걸. 누군가를 떠나보내고 남은 사람들이라면 누구나 같은 생각이겠죠."

마음속 깊숙이 담긴 말들이 술술 나왔다. 나 역시 끝을 향해 가고 있다는 생각 때문이었을지도 몰랐다. 나와 같은 후회를 하지 않기를 바랐다. 남겨진 이들에게는 분명히 저마다의 역할이 존재한다는 것을, 그리고 삶을 이끌어갈 각자의 방식을 선택해야 한다는 것을 말하고 싶었다.

헤어지기 직전 내 손을 잡고 고맙다고 말하던 노부부의 손은 따뜻한 온기로 가득했다.

새로운 시작

간단하게 짐을 챙겼다. 나가기 전 한 번 더 가방을 열어 확인했다. 노트를 열어 틈새에 부모님과 함께 찍은 사진을 조심스레 넣었다. 부모님과 함께 간 마지막 여행지인 제주도에 가기로 마음먹었다. 내게 주어진 시간이 정말 얼마 남지 않았음을 깨달은 순간 내 마지막 기억은 부모님과의 추억으로 남겨두고 싶었다.

이제는 많은 사람 틈에 있더라도 긴장하지 않았다. 누군가 나를 이상하게 보지 않을까 걱정하지 않게 됐다. 내가 그토록 바라던 평범한 사람이 된 것이다. 공항에 도착하자 무수히 많은 사람을 마주했다. 어딘가로 바쁘게 떠나는 이들의 표정은 하나같이 행복한 미소로 가득 차 보였다.

비행기는 창가 쪽 자리를 예약했다. 창 너머로 보이는 활주로에서는 비행에 문제가 없도록 분주히 움직이는 사람들의 모습이 보였다. 기내 방송이 울려 퍼지고 비행기는 곧이어 높은 곳으로 비상을 시작했다. 시야에 비치는 모든 것들이 점점 작아져갔다. 정해진 지점에 다다른 뒤 아래를 내려다보자 무수히 많은 점이 모여 있는 것 같았다. 저 아래에 머무르는 걱정과 슬픔도, 죽음에 대한 두려움도 작은 점에 불과한 것인지 모른다는 생각이 들었다. 나는 정말 아무것도 아닌 것처럼 느껴졌다.

도착해 공항을 나서자 보이는 야자수 나무가 이곳이 제주라는 것을 알리며 여행객들을 반겼다. 사람들은 사진을 찍고 저마다의 추억을 남기기 위해 분주히 움직였다. 나는 한참동안 그 자리를 벗어나지 못하고 가만히 서 있었다. 많은 이가 각자의 길을 찾아가고 나서 한산해진 틈을 타 카메라를 켰다. 한 번도 내 모습을 담아본 적이 없어 어색했지만 버튼을 누르고 또

눌러 사진을 찍었다. 표정은 기쁘지도, 그렇다고 슬프지도 않아 보였다. 가방 속에서 노트를 꺼냈다. 출발하기 전 미리 일정 계획을 적어두었다. 부모님과 함께 갔던 장소들의 사진이 남아 있던 덕에 기억이 온전치 않음에도 같은 동선으로 움직일 수 있었다.

호텔 입구에 도착하자 과거의 기억이 떠올랐다. 우리 세 사람이 함께라서 행복하다고 말하던 아빠의 얼굴. 그 말에 나를 안아주던 엄마의 얼굴. 부모님을 바라보며 나는 활짝 웃고 있었다.

입구에 서 있던 호텔 직원에게 사진을 찍어달라고 부탁했다. 직원은 카메라를 들고 내게 웃으라고 말했지만, 내 표정은 기대와 달리 일그러졌다. 웃으려고 안간힘을 쓸수록 오히려 슬픔에 잠긴 듯한 얼굴이 되었다. 직원은 당황스러운 표정을 짓고는 내게 다가왔다.

"행복해서 그러시죠? 저도 그럴 때가 있거든요. 행복한 순간이 영원하지 않을 것 같아서, 이 순간이 너무 귀하게 느껴져서 괜히 벅찰 때가 있어요."

사진을 찍은 직원은 내게 즐거운 여행이길 바란다는 말을 남겼다. 직원이 떠난 지 한참이나 지났지만

나는 예약해둔 방으로 올라가지 못하고 로비에 멍하니 앉아 있었다. 잘 끝내겠다는 마음으로 왔지만 정작 이곳에 도착하니 모든 게 아무런 의미가 없는 일처럼 느껴졌다. 계획을 취소하고 다시 공항으로 돌아가는 게 맞을 것 같았다.

이런 나를 질책할 수 있는 사람은 아무도 없었다. 죽을 날을 미리 알고 있다면 누구든 무기력함에 빠져 살지 않을까? 어차피 죽게 될 거라고 하면서. 그러니 이대로 돌아간다고 해도 아무런 상관이 없었다. 주변을 둘러보자 여행 온 이들의 행복한 표정이 보였다. 그들과 나는 어울리지 않는다고 생각했다. 바보같이 잊고 있었다. 나 같은 놈이 남들이 누리는 행복 따위를 누릴 자격은 없었다. 평범한 사람이 됐다는 착각에 빠져 있었다. 이 정도면 됐다. 이제 아무렇지 않은 척하는 일은 그만두고 싶었다.

자리에서 일어나 호텔 밖으로 나가려던 순간, 나의 걸음이 멈췄다. 눈앞에 익숙한 얼굴이 있었다. 수진 씨가 호텔 로비를 향해 걸어가다 나와 눈이 마주치자 가까이 다가왔다.

"어머, 이런 곳에서 보게 되다니 신기해요. 안 그래도 날짜를 세어보고 이쯤이면 파리에 가셨을 거라 생각했는데 아직 안 가셨나 봐요. 엄마도 저도 많이 아쉬웠어요. 한 번 더 만났으면 좋을 텐데 하면서도 이해할 수밖에 없었죠. 당연히 여행 준비로 바쁠 텐데 싶었으니까요. 여기서 묵으세요? 이제 막 도착하셨나 봐요."

방금 전까지 하던 생각을 숨긴 채 대답했다.

"네, 떠나기 전에 갑자기 여유가 생겨서요. 사랑의 집에 가봤어야 했는데 죄송해요."

"아니에요. 그렇게 말씀하시면 제가 더 죄송하죠. 그런 마음으로 한 말도 아니었고, 바쁘시다는 건 아주 잘 알고 있었는걸요. 저는 오늘 저녁 비행기를 타고 돌아가는 일정이에요. 몇 년 동안 휴가도 없이 지내지 않았냐며 갑자기 엄마가 숙소까지 잡아주는 바람에 휴가를 오게 됐어요. 떠나면서도 가는 게 맞나 싶었는데 막상 도착하니 참 좋더라고요. 이런 여유 참 오랜만에 느껴보거든요. 혹시 아직 식사 안 하셨으면 같이 점심 먹어요."

공항으로 돌아갈 생각이라는 말을 하지 못한 채 엉

겁결에 숙소에 짐을 풀고 나왔다. 반가운 마음과 불편한 마음이 교차했다.

"며칠 동안 비가 내렸어요. 돌아갈 날이 돼서야 햇살이 비추니 괜히 아쉽더라고요. 그래도 이렇게 반가운 사람을 만났으니 아쉬운 마음보다는 기분 좋은 마음으로 돌아갈 수 있을 것 같아요."

수진 씨와 점심을 먹으며 내가 떠난 이후의 사랑의 집 이야기를 나눴다. 해달 할머니의 빈자리가 크게 느껴졌지만 점차 웃음을 되찾고 남은 할머니들 모두 일상으로 돌아갔다고 했다. 새롭게 할머니 한 분이 들어와 구성원이 되었고, 팀장님은 여전히 바쁘게 지내고 있다고 했다.

"팀장님께 말한 적은 없는데요. 팀장님과 처음 만나 대화하게 되었을 때 참 멋진 사람인 것 같다고 생각했어요. 그러면서 제 스스로를 돌아보게 되더라고요. 어떤 인생을 살아야 하는 건지. 그것이 남들의 기대와 평가와는 다른 삶이라 할지라도 자신이 원하는 방향으로 나아가는 삶에 대해서 말이에요."

"직접 말해주시지 그랬어요, 엄마가 정말 좋아했을

텐데. 안 그래도 여기서 만났다고 아까 연락하니 저보다 더 좋아하시면서 꼭 맛있는 식사 대접하고 돌아오라 하시더라고요. 일하면서 받기만 한 것 같다면서요."

식사가 끝나고 먼저 일어나 계산하려 했지만 이미 결제가 끝난 뒤였다.

"수진 씨를 만나지 않았더라면 아마 아무 곳에나 들어가 밥 먹었을 거예요. 그래서 제가 내려고 했는데 늦어버렸네요."

"엄마가 신신당부했다니까요."

수진 씨의 비행기 시간이 조금 남아 우리는 카페로 이동했다.

"파리에 가면 언제쯤 돌아올 예정이에요? 지난번에 얼핏 들었을 때 준비도 많이 하시고 꽤 긴 시간 돌아오지 않으실 것 같던데."

거짓말이 아니었다. 실제로 가게 된다면 필요한 서류들을 확인하고 준비까지 했었다. 그리고 무엇보다 거짓을 말하고 싶지 않았다.

"가능하면 한국으로 돌아오지 않는 쪽을 생각하고 있어요. 와야 한다면 아주 잠깐 머무르다 다시 떠나지 않을까 싶고요. 제가 돌아오지 않는다고 하더라도 아쉬워할 만한 사람이 없는걸요."

화제를 전환시키고자 웃으며 했던 말을, 수진 씨는 몹시 진지한 표정으로 받았다.

"전혀 그렇지 않아요. 해달 할머니가 살아계셨더라면 할머니는 분명 준재 씨를 늘 그리워하고 기다리셨을 거예요. 그리고 다른 할머니들도 이따금 이야기하시는걸요. 잘 지내고 있는지, 멀리 간다던데 괜찮은지. 저도 엄마도 늘 응원하고 있고요. 그러니 돌아오면 그때 사랑의 집에서 다 같이 밥도 먹고, 파리에 대한 이야기도 들려주세요. 저희 기다릴게요."

순간 아무런 말도 하지 못했다. 예상치 못한 반응이었기 때문이다. 내가 없는 순간에도 나를 떠올려주는 이들이 있을 거라고는 한 번도 생각하지 못했다. 수진 씨에게 이제 와서 솔직하게 말하면 어떻게 될지 궁금했다. 사실 죽음을 기다리고 있다고, 그래서 다시 돌아올 수 없는 거라고 말해도 내게 따듯한 말을 해줄까. 사랑의 집에 갔던 일도 내 의지가 아닌 그저 시킨 일을 수행한 거에 불과하다고 말해도 괜찮다고 할까.

나는 괜찮은 사람도 아니고, 열심히 살지도 않았고, 이런 마음을 받을 만큼 그럴듯한 사람도 아닌 그저 패배자에 불과해서 혼자서는 죽지 못해 결국 도움을 받고 나서야 떠날 준비를 하는 미련한 사람이라고 말하면 뭐라고 할까.

목 끝까지 말들이 차올랐지만 꺼낼 수 없었다. 공항으로 가는 버스를 기다리는 동안 수진 씨는 내게 많은 이야기를 해주었다. 자신이 왜 엄마를 따라 함께 일하는 건지, 단순히 가족이기 때문이 아니라는 것도.

"저는 사실 엄마가 일을 시작한다고 하셨을 때 크게 반대했어요. 자선사업가도 아니고 집이 부유한 것도 아닌데 왜 사서 고생을 하려고 하냐면서요. 제게 아무리 설명을 하고 이해시키려고 해도 전 받아들이지 못했거든요. 평범한 사람으로 남고 싶었어요. 대학을 졸업하고 내 수준에 맞는 회사에 들어가서 월급을 받고 저축하며 사는 평범한 사람이요. 대학 졸업 후 바라던 대로 회사에서 일을 하게 됐고, 노인의 빈곤 문제와 실태에 대한 다큐멘터리 촬영을 나가게 된 적이 있어요. 사실 촬영을 나가면서도 쓸쓸히 혼자서 살아가는 이유 따위는 제겐 중요하지 않았죠. 그저 주어진 일이었고, 어쩌면 열심히 살았더라면 그렇게 되지 않았을 텐데 하는 생각이 지배적이었으니까요. 독거노인 한 분을 인터뷰하기 위해 집에 찾아갔었어요. 그때 제가 마주한 집 안 내부는 한눈에 보기에도 비좁고 열악한 환경이었어요. 이삼십 분 정도 인터뷰 촬영을 끝마치고 나가려는데, 또 찾아와줄 수 있냐고 묻더라고요. 이렇게 오랜만에 젊은 사람들하고 대화를 하니 기쁘다면서요. 그 말을 듣고는 속으로 생각했어요. 그렇게까지 생각할 일인가. 그래서 무심결에 알겠다고, 다시 오겠다는 말을 내뱉고 나오는데 함께 촬영을 나갔던 선배가 함부로 그런 말 하는 거 아니라면서 화를 내는 거예요. 깜짝 놀라 왜 그러냐고 물었더니 정말 찾아갈 마음 없지 않느냐면서 그럼 거짓말하지 말라고, 저분들은 정말 기다린다고 했어요. 그땐 무슨 마음이었는지……. 괜한 오기였던 것 같기도 해요. 아니라고, 찾아뵐 거라고 말했었죠. 하지만 일이 바쁘다는 핑계로 선배의 말처럼 가보지 못하고 말았어요. 그 후로 몇 개월이 지났을까요. 문득 할아버지와의 약속이 생각

나는 거예요. 그래서 늦은 것 같지만 다녀와서 보란 듯이 이야기를 해야지, 생각하고 찾아갔는데 집 주변에 다다르자 소란스러움이 느껴지더라고요. 다른 손님들이라도 찾아왔나 싶어 두리번거리는데 집 안에서 중년 남성이 나오면서 제게 할아버지와 아는 사이냐고 물었어요. 몇 달 전에 촬영차 방문했었다고 하니 얼마 전 돌아가셨다는 거예요. 그래서 이곳에 있는 건 전부 폐기할 예정이라고, 잡동사니뿐이지만 마지막으로 보고 싶다면 들어가보라고 했죠. 그 말에 신발을 벗고 들어가려고 했는데 말리면서 신발 신고 들어가도 아무 상관없다고 하더라고요. 그 말이 뭐라고 왠지 슬펐어요. 사람이 살았던 공간이, 누군가에게는 소중했던 공간이 이제는 그렇지 못한 곳이 되어버린 것 같아서요. 조심스레 내부로 들어가자 이미 일정 부분 짐을 빼고 정리된 상태의 집 안이 눈에 들어왔어요. 책상 서랍이 보였는데, 지난번 촬영 때 할아버지가 그 책상 서랍에서 오래된 필름카메라와 현상된 사진들을 보여주셨어요. 자기에게 남은 건 이것뿐이라면서요. 돈을 조금씩 모아 현상해왔다고 했었죠. 할아버지

기분 좋으시라고 사진 정말 잘 찍으셨다고, 저도 이런 사진 갖고 싶다고 했는데 다음에 오면 주겠다는 말을 하셨던 게 기억 났어요. 그래서 서랍을 열어봤는데, 다른 사진들은 전부 사라지고 제가 말했던 사진 한 장이 카메라와 함께 남아 있더라고요. 사진을 꺼내 바라보다 무심코 뒷면을 봤는데 짧은 글이 적혀 있었어요.

늙은이를 보러 와줘서 고마워요. 갖고 싶다던 사진 줄게요. 나는 나이가 들어 더 이상 사진 찍기 힘들 것 같아요. 그러니 이 카메라도 받아줘요.

날짜를 보니 지난번 찾아왔던 그날 바로 적어둔 글이더라고요. 사진과 작은 필름카메라를 가방에 넣으며, 제게 마음에도 없는 말 함부로 하지 말라고 조언하던 선배의 말이 떠올랐어요. 그러고는 얼마 안 가 회사를 관두고 엄마의 일을 돕기 시작했어요. 엄마가 그랬던 것처럼 누군가는 나서서 단 한 명이라도 외롭지 않게 하는 일을 해야겠구나 생각하면서요. 그때 문밖을 나서는 우리에게 할아버지가 그랬거든요. 산다면, 살아 있다면 무엇이든 할 수 있다고. 그러니 나는 마지막을 준비하지만 여러분은 언제든 새로운 시작을 준비하면 좋겠다고."

예정된 시간이 되자 버스가 먼발치에서 다가오는 게 보였다. 다시 만나자는 인사를 뒤로하고 수진 씨는 공항으로 떠났다. 우리가 다시 만날 수 있을까. 나는 결국 마지막 순간에도 거짓말을 하고 말았다.

다시 혼자가 되었지만 여행을 취소하고 돌아가려던 마음을 접어두기로 했다. 수진 씨와의 대화 때문인지도 모르겠다. 예정대로 계획했던 여행지들을 찾아갔다. 매 장소마다 어색한 표정을 지은 채로 사진을 찍어나갔다. 결과물은 누가 보기에도 우스운 수준에 불과했지만 그런 건 아무 상관없었다.

부모님과 함께 갔던 식당들은 여전히 관광객들로 붐볐다. 혼자서 찾아온 이라고는 나밖에 보이지 않았다. 그런 탓에 자연스레 사람들의 시선은 내게 집중되곤 했다. 식사를 가져다주던 직원이 왜 혼자 여행하고 있느냐고 내게 물었다. 외국으로 떠나기 전 혼자 와봤다고 말하자 웃으며 자리를 떠났다. 일정이 끝나고 숙소로 돌아온 뒤엔 그날 찍었던 사진들을 확인했다. 가능하다면 이 사진들이 나의 마지막에 함께라면 좋을 것 같았다.

나의 여행은 소란스럽지 않게 끝이 났다. 단체 측에서는 지난번 메시지 이후로 그 어떤 연락도 오지 않았다. 아무렇지 않은 내 모습은 정말 괜찮아서일까, 아직 실감이 나지 않기 때문일까. 아침에 일어나 여느 날과 다름없이 달력에 표시를 하고, 과일을 먹었다. 낮엔 책을 읽고 저녁엔 공원 산책을 나섰다. 평소보다 더 긴 시간동안 공원에 앉아 사람들을 바라봤다. 많은 사람이 돌아간 뒤에야 나 역시 공원을 빠져나왔다.

집으로 돌아오던 길에는 쓰레기봉투를 구매했다. 내 흔적이 그 어디에도 존재하지 않았다는 듯 처리해줄 거라는 말을 의심하는 건 아니었다. 그렇지만 적어도 소중한 것들조차 쓰레기라는 이름으로 뒤섞여 버려지게 하고 싶지 않았다. 단 몇 벌만 남겨두고 모든 옷을 정리해 헌 옷 수거함에 넣었다. 애초에 옷이 별로 없었기 때문에 그리 힘들지는 않다. 생필품들을 정리하고 집 안 곳곳 버릴 수 있는 게 있으면 모조리 봉투에 담았다. 몇 번이나 왔다 갔다 하느라 어느새 온몸은 땀이 범벅이었다. 이제 남겨진 건 가족사진, 부모님과의 추억이 담긴 물건들, 미처 챙겨주지 못한 푸름이의 물건, 사랑의 집에서 받은 편지들뿐이었다. 소중한 그것들을 준비해둔 상자에 차곡차곡 담았다. 마지막 물건까지 넣은 뒤에는 테이프로 여러 번 감아 상자를 밀봉했다. 이제 정말 끝이라는 생각이 들었다.

 정리를 끝내고 마지막 산책을 나섰다. 삼 개월간의 일들이 머릿속을 빠르게 스쳐 지나갔다. 처음 사이트에 접속했던 순간부터 여행을 다녀왔던 일들까지. 생각해보면 모든 것은 처음부터 충분히 가능한 일들이었다. 그럼에도 나는 바보같이 절망감에 빠져 아무것도 할 수 없다는 생각밖에 하지 못했다. 만약 살아갈 수 있는 기회가 주어진다면 후회하지 않는 나날을 살아갈 수 있을까. 정말 그럴 수 있다면 온 힘을 다해 지금보다 나은 삶을 위해 노력할 수 있지 않을까. 분명 삶에 아무런 미련도 남지 않은 것 같았는데 정말 마지막이라고 생각하니 자꾸 그런 생각들이 들었다.

지금껏 애써 괜찮은 척 행동하려 했지만 사실은 죽는 게 너무 무서웠다. 죽고 싶지 않았다. 살고 싶다. 부모님의 몫까지 최선을 다해 살아가고 싶다.

몇 달 동안 마주했던, 내 것이 될 수 없었던 보통의 하루가 부러웠다. 이토록 아무렇지 않은 순간들이 가장 귀한 것이란 사실을 너무 늦게 알아차렸다. 어쩌면 계속 부정하고 살았던 것일지도 몰랐다. 나는 특별한 사람이라 선택되었고, 결국 죽지 않게 될 거라고. 영화의 한 장면처럼 내게도 특별한 순간이 찾아올지도 모른다고. 그러나 마주한 건 꿈꾸던 것들도, 영화의 한 장면도 아닌 현실일 뿐이었다.

모든 것을 다 버리고 더 이상 밖으로 나올 일이 없다는 것을 깨닫자 집으로 돌아가는 길이 무섭게 느껴졌다. 도망친다면 살 수 있지 않을까. 나 하나 정도 약속을 어기고 사라져도 괜찮지 않을까. 내가 아니더라도 다른 이들의 생명을 살릴 수 있는 방법이 존재하지 않을까.

그럼에도 발걸음은 집으로 향했다. 한 발자국 내딛는 걸음에 행복한 순간의 기억들을 떠올려보려 애썼다. 아무런 대가 없이 도움을 주는 일은 존재하지 않는다고 되새겼다. 그동안 내가 얻은 대가에 맞는 보답을 해야만 했다. 그리고 죽는 게 그리 나쁘지만은 않을 것이었다.

휜이라는 여자는 차에서 줄곧 계약 관련 내용들만 언급한 채 나와는 아무런 대화도 하지 않았다. 단 한 번 내게 질문했던 것을 제외하면.

"정말 죽음 앞에 태연히 행동할 수 있겠어요? 죽는다는 건 그리 쉽게 생각할 문제가 아니에요."

"네, 괜찮아요. 쓸모없는 인생을 사는 것보다는 죽는 게 더 나을 테니까요."

생각해보니 한 번의 질문이 더 있었다.

"삼 개월 뒤에도 똑같이 말할 수 있겠어요?"

그녀는 처음부터 알고 있었을까. 이런 선택을 하는 사람들은 아무렇지 않은 듯 말하지만 끝에 가서는 모두 자신의 선택을 후회하며 살고 싶다는 의지를 드러낸다는 걸. 그녀와 만날 수 있다면, 그래서 같은 질문에 대답할 기회가 주어진다면 그때와 다르게 대답할 것이었다. 살고 싶다고. 내 앞에 펼쳐질 날들이 아무리 보잘것없는 인생에 불과할지라도 살아 있다면, 살 수만 있다면, 어릴 적 보았던 무지개를 다시 볼 수 있다는 희망만 있다면 그것만으로도 충분할 것 같다고.

집에 다다르자 분명 나갈 때 잠가두었던 현관문이 열려 있는 게 보였다. 약속했던 그들이 찾아온 걸까. 두려운 마음에 긴 숨을 크게 한 번 내쉬고 태연히 외치며 집 안으로 들어갔다.

"엄마, 아빠 저 다녀왔어요. 오늘 즐거운 하루를 보냈어요. 정말……."

말이 채 끝나기도 전에 등 뒤로 무언가 꽂히는 게 느껴졌다. 주사기였다. 몸은 균형을 잃고 바닥으로 곤두박질쳤다. 머리 위로 무언가 씌이는 게 느껴졌고, 의식은 점차 흐릿해져갔다.

마지막 선물

지하철이 역에 가까워지고 있음을 알리는 안내 방송이 역사 내에 울렸다. 개찰구를 지나 계단을 내려가는 발걸음엔 조급함이 느껴졌다. 천장에 달려 있는 전광판 화면으로 지하철이 승강장에 진입 중이라는 문구가 보였다. 늦지 않았다는 생각을 하는 것도 잠시, 걸음은 다시 빨라졌다. 이미 많은 사람이 문 열리는 곳 앞에 줄지어 서 있었다. 고개를 돌려 조금이라도 사람이 적은 곳을 향했다. 그렇게 긴 줄의 끝에서 지하철 문이 열리기를 기다리며 시선은 자연스레 열차 내부를 살폈다. 퇴근길이라 그런지 빈 공간이라고는 없는, 사람들로 가득 찬 내부가 보였다.

   매일 반복되는 출퇴근길 흔한 모습이었지만 처음 겪던 날부터 지금까지 여전히 적응되지 않았다. 열차 문이 열리자 문 가까이에 서 있던 내부의 사람들이 자신의 의지와는 상관없이 등 뒤에서 밀려오는 힘에 의해 밖으로 빠져나왔다. 그들은 주변을 살피고 더 이상 내리는 사람이 없음을 확인 한 뒤에 재빠르게 안으로 들어갔다. 밖에 줄지어 서 있던 사람들 또한 틈 사이로 하나둘 들어가기 시작했다. 내 앞에서 열차가 꽉 차면 어쩌나 걱정했지만 다행히도 나의 자리까지는 허락되었다. 그러나 가득 찬 내부로 인해 주머니 속 휴대폰을 꺼내기도 힘들 정도로 몸을 움직일 수 없었다. 다음 역에서도 이전 역과 마찬가지로 많은 사람이 내리고 타기를 반복했다. 그 순간에 나는 휴대폰을 꺼내 시간을 확인하고 별다른 연락이 오지 않았다는 것을 확인한 뒤에 내가 할 수 있는 최선의 자세를 취했다. 양팔을 가지런히 모으고 타인과 닿지 않기 위해 노력했지만, 나도 모르게 누군가의 어깨에 고개를 부딪히기도 하고 팔꿈치가 세게 닿아 고개를 숙이기도 했다.

  또 한 번 열차 문이 열렸고, 뒤에서 미는 힘 때문에 다른 이들과 함께 밖으로 밀려나고 말았다. 이제는 타도 되겠지, 하며 다시 올라탔을 때 어디선가 한 여성의 목소리가 들려왔다. "내릴게요!" 큰 소리의 외침에 시선은 일제히 여자에게 향했고, 삽시간에 모두 약속이라도 한 것처럼 빠져나갈 수 있는 틈을 만들어냈다. 다행히 여자는 문이 닫히기 전 밖으로 나갈 수 있었다. 그 모습을 보고는 나도 모르게 안도감이 들었다. 다시금 이어지는 침묵. 들려오는 것이라고는 열차가 내는 소리뿐이었다. 공간에 조금의 여유가 생기자 가방에서 이어폰을 꺼냈다. 휴대폰에서 음악 앱을 실행하고 좋아하는 가수의 노래를 틀었다. 지친 하루를 보내고 집으로 돌아갈 때면 자주 듣는 노래였다. 어릴 적 이 노래를 처음 알게 되었을 땐 아무런 생각이 없었다. 하지만 사회에 나와 일을 하다 보니 모든 가사가 다 내 이야기 같아 슬픈 감정이 들었다. 그래도 다 듣고 나면 큰 위로를 받는 것 같았다. 한 곡 반복을 설정한 뒤 휴대폰 화면을 껐다.

고개를 들자 익숙한 노선도가 눈에 들어왔다. 늘 보던 것이지만 매일이 새롭게 느껴졌다. 뒤엉켜 있는 것 같아 보여도 각 호선은 정해진 위치에서 길을 잃지 않고 목적지를 향해 나아갔다. 빤히 바라보다 문득 그런 생각이 들었다. 내 인생도 뒤엉켜 있는 것 같지만 정해진 위치에서 길을 잃지 않고 나아가고 있는 것이라면, 당장은 알 수 없어 의심이 들지만 끝내 목적지에 닿을 수 있는…… 그런 것이라면 좋겠다.

몇 번의 역을 더 지나고 많은 사람이 열차에서 내리자 여유가 찾아왔다. 그러자 주위가 눈에 들어왔고, 내 시선이 이곳저곳으로 옮기다 근처에 있던 모자 앞에서 멈추었다. 어린이집 가방을 메고 엄마의 손을 잡고 있던 아이가 엄마의 손을 잡아끌며 무언가를 반복해서 말하고 있었다. 집중해서 들어보니 내리자는 말이었다. 아마도 많은 사람에 답답함이 느껴진 모양이었다. 아이는 빨리 내리고 싶다는 말을 여러 차례 반복했고, 끝내 울기 시작했다. 아이의 엄마는 주변의 시선을 살피며 눈이 마주친 이들에게 고개 숙여 양해를 구하는 인사를 했다. 아이에게는 조금만 더 가면 내릴 수 있으니 조금만 참아달라고 부탁했다. 하지만 이미 시작된 아이의 울음은 멈출 생각이 없어 보였다. 그때, 근처 노약자석에 앉아 있던 노인이 아이에게 다가갔다. 그러고는 자신의 주머니에서 무언가를 꺼내며 아이에게 말을 걸었다.

"사탕 줄까?"

노인의 손에는 포도, 딸기, 오렌지, 파인애플 등 여러 가지 맛의 사탕이 있었다. 사탕을 본 아이는 울음을 멈췄고, 머지않아 소리는 웃음으로 바뀌었다. 아이는 조그마한 손을 내밀어 사탕을 고르다 고개를 들어 엄마를 바라봤다. 엄마는 아이에게 괜찮다며 사탕을 고르게 했고, 감사하다는 인사를 시켰다. 엄마의 표정에선 안도감이 느껴졌다. 나는 듣던 노래도 멈추고 세 사람의 대화에 집중했다. 어떤 사탕을 고를지 고민하는 아이에게 노인은 엄마 말을 잘 듣느냐고 물었다. 아이가 대답을 하지 못하고 망설이자 노인은 재차 말 잘 듣는 어린이 맞겠죠? 하고 물었다. 엄마는 아이의 말을 대변하듯 네, 하고 대답해야지 하며 아이를 채근했다. 아이는 엄마의 말을 따라 네, 하고 대답했다. 그 말을 듣고 나도 모르게 미소를 지었다. 노인은 착한 어린이니 선물이라며 모든 사탕을 아이의 손에 쥐여 주었다. 아이의 엄마는 연신 고맙다고 말하며 아이의 머리를 쓰다듬었다. 그러자 아이는 엄마의 말을 듣고 부끄러운 듯 인사를 했다.

"고맙습니다."

짧은 순간 이루어진 그들의 대화는 열차가 다음 역에 도착하고서야 끝이 났다. 엄마와 아이는 내릴 준비를 하며 노인에게 "안녕히 가세요" 하고 인사했다. 아이는 어느새 부끄러움을 거둔 채 손을 세차게 흔들고 있었다. 노인 역시 아이를 향해 활짝 웃으며 손을 흔들었다.

동화 같은 한 장면이 막을 내려 고개를 숙이려고 하자 어디선가 피자 냄새가 났다. 냄새를 따라 시선을 움직이다 한 남성 앞에서 멈췄다. 그는 손에는 피자 박스를 들고 환하게 웃으며 누군가와 통화를 하고 있었다. 통화 상대에게 초등학생인 자신의 아들이 받아쓰기 시험을 백 점을 맞아 아들이 좋아하는 피자를 사서 가는 중이라고 말했다. 전화를 끊을 때쯤 상대가 남자의 부모임을 알게 됐다. 수화기 너머에서는 칭찬의 말을 전한 듯했고 남자는 별일 아닌 것처럼 무심히 말했지만 표현이 서툴러 그럴 뿐 무척 기뻐하는 것처럼 보였다. 남자 또한 다음 역에서 내렸고, 계단을 성큼성큼 올라가는 모습이 잠깐 비치다 시야에서 사라졌다.

피자 냄새를 맡으며 대화를 듣다 보니 나 역시 배가 고파졌다. 집에 가서 무슨 음식을 먹을지 생각했다. 김치찌개가 좋을지 아니면 된장찌개를 먹어야 할지 고민하는 사이 내가 내려야 할 역을 알리는 안내 방송이 들렸다. 메뉴는 끝내 결정하지 못하고 역을 빠져나왔다.

지상으로 나가자마자 들리는 자동차의 경적 소리에 나는 화들짝 놀라고 말았다. 무리하게 끼어든 탓에 사고가 날 뻔했다며 운전자는 창문을 열고는 그렇게 운전하면 안 된다고 소리쳤다. 싸움이 나겠다는 예상을 벗어나 끼어들었던 운전자가 차에서 내려 소리치던 운전자에게 고개를 숙였다. 자신이 초보 운전이라 죄송하다는 말과 함께. 그러자 화가 났던 운전자도 누그러진 말투로 조심하라는 말과 함께 창문을 닫았다.

잠시 그 모습을 바라보다 계속해서 걸어갔다.

장을 보기 위해 마트를 가려고 했지만 피곤함이 밀려왔다. 집으로 가는 골목길과 마트로 들어가는 길을 사이에 두고 고민을 하다 결국 마트로 향했다. 그곳에서 된장찌개를 끓이기 위한 재료들을 샀다. 두부, 애호박, 표고버섯 등등.

초록색 종량제봉투에 담긴 것들을 나의 걸음에 맞춰 이리저리 흔들며 걸었다. 집 현관 앞에 서서 가방에 든 열쇠를 꺼내려고 할 때였다. 집 안에서 인기척이 느껴졌다. 화들짝 놀라 문손잡이를 돌리자 문고리가 돌아갔다. 잠겨 있어야 할 현관문이 열려 있었던 것이다. 잠그는 것을 깜빡한 걸까, 도둑이라도 든 걸까, 여러 생각을 하며 안으로 들어가자 부엌에서 요리를 하고 있던 엄마와 눈이 마주쳤다. 반가운 마음과 놀란 마음을 진정시키며 어떻게 된 일이냐고 엄마에게 물었다.

엄마는 나에게 갑자기 와서 미안하다고 말했다. 내가 보고 싶어서 왔다며, 이 주 전 집에 내려왔을 때 두고 간 예비 열쇠로 들어왔다고. 가져다줄 것도 있고,

좋아하는 된장찌개도 해주고 싶었다고 했다.

"냉장고에 생수밖에 없어서 놀랐어. 아무리 혼자 사는 집이라고 해도 너무한 거 아니니. 요즘 반찬 가게도 많은데 요리를 못 하겠으면 사 먹으라고 몇 번을 말했어. 아무 말 안 하려고 해도 엄마가 자꾸 잔소리를 하게 되는구나. 그래도 싫어하지 말고 잘 들어. 그런데 아들, 왜 아무 말도 안 해, 엄마 미안해지게. 고생하고 왔을 텐데 이리 와봐. 우리 아들 한번 안아보자."

엄마를 안자마자 볼을 타고 눈물이 흘러내렸다. 엄마, 하고 부르자 엄마는 안고 있던 손을 풀고 나를 바라봤다.

"이건 꿈이잖아. 내 마지막 순간, 꿈에 나타나줬구나. 고마워, 엄마."

엄마는 나의 말을 듣고 미소를 지었다.

꿈에서 깨어났지만 여전히 눈물이 흘러내리고 있었다. 소매로 눈물을 닦아냈다. 왜 나는 꿈이라고 말해버렸을까. 말하지 않았더라면 꿈에서라도 내 마지막 순간을 즐겁게 보냈을 텐데. 바보같이 후회가 밀려왔다.

나는 그저 여느 사람들이 아무렇지 않게 누리는 삶을, 그런 평범한 삶을 바랐던 것 같다. 그런 바람이 내 마지막 순간에 꿈으로 나타난 건지도 모르겠다. 그런데 이곳은 어디일까. 분명히 꿈에서 깨어난 것 같았는데 여전히 아무것도 보이지 않는 칠흑 같은 어둠만이 이어질 뿐이었다. 심지어 내 손조차 보이지 않는 그런 어둠 속이었다. 정신을 잃기 전 마지막 기억은 주사를 맞고 바닥으로 쓰러진 것이었다. 그다음 기억은 존재하지 않았다. 어쩌면 나는 이미 죽은 게 아닐까. 그래서 꿈을 꾸고 깨어났지만 그건 깨어난 것이 아니라 그저 죽음 이후의 상태일 수도 있었다.

어릴 적 비 오던 날 엄마와 함께 놀이터에서 쌍무지개를 보았던 일을 떠올렸다. 무지개 끝에는 맛있는 것, 좋은 것, 예쁜 것이 있다고 엄마는 말했다. 그리고 언젠가 엄마가 내 곁을 떠나면 그 끝에서 기다리고 있을 거라는 말도. 그곳에선 사랑하는 사람들이 모여 행복하게 살고 있을 거라고 했지만, 스스로 죽음을 선택해버린 나는 부모님을 만날 수 없을 것 같았다.

예상된 결과일지 몰랐다. 쓸모없는 인생을 살았으

니 그런 자격은 주어지지 않을 거라 말한다면, 나는 아무런 말도 하지 못하고 수긍할 수밖에 없다.

그렇다면 단체 측의 설명대로 건강한 삶을 살고자 하는 이들에게 새로운 삶을 안겨주었을까. 그런데 내 몸 어디 하나 불편함이 느껴지지 않았다. 죽음 이후에는 살아생전 아프거나 어떤 불편을 겪고 살았더라도 온전한 상태가 유지되는 걸까. 무심코 손을 들어 심장이 위치한 곳에 가져다 댔다. 심장은 여전히 뛰고 있었다. 이것도 같은 이치일까. 궁금했지만 누구에게도 물을 수 없었다. 떠오르는 질문과 의문점은 허공에서 맴돌다 사라지고 말았다. 앞으로 나아가볼까 생각했지만 한편으로는 두려운 감정이 앞서 멈춰 선 채로 한참동안 암흑 속에서 서 있었다. 긴 시간이 흐른 것 같지만 단순히 그렇게 느껴지는 것뿐일 수도 있었다.

더 이상 이대로는 안 될 것 같아 허공에 발을 내딛고 움직이려 할 때였다. 누군가의 목소리가 들렸다.

"잠에서 깨어난 뒤 한동안은 몽롱한 상태가 유지될 수 있습니다. 이는 마취의 영향으로 시간이 경과되면 해결되는 문제이니 신경 쓰지 않으셔도 됩니다."

움직이려던 발을 그대로 멈추었다. 혼자가 아니라는 생각에 반가운 마음도 잠시, 이내 두려운 마음이 들었다.

"제가 죽은 게 맞습니까?"

아무런 대답도 들리지 않았다. 그래서 나는 보이지 않는 이에게 이어 말했다.

"저는 제 삶을 정리해주는 대가로 죽기로 약속했습니다."

다시 목소리가 들려왔다.

"당신이 약속한 대로 여전히 죽음을 선택하고 싶은 겁니까?"

나는 잠시 망설이다 답했다.

"이미 죽음의 문턱을 지나온 것이라면 이제 와서 이런 말이 아무 소용없겠지만, 저는…… 저는 살고 싶습니다. 하지만 제가 죽지 않는다면 다른 이들을 죽음으로 내몰 것이기에 죽음을 받아들여야 한다는 것도 잘 알고 있습니다. 사실 잘 모르겠습니다. 죽어야 하는데, 죽어야만 하는 사람인데 죽고 싶지 않다는 게."

"어떤 약속을 했습니까?"

"빚을 탕감하고 삶을 마무리할 수 있는 백 일의 시간을 받는 대신 제 장기를 필요에 따라 사용하고 저는 죽게 되는 계약을 했습니다."

"죽은 것은 아닙니다. 아직 살아 있다는 뜻이겠죠."

"그렇군요. 그럼 지금의 대화는 제가 죽기 전 나누는 마지막 대화겠네요."

"그렇습니다. 처음 약속했던 대로 의뢰인은 지금 이 자리에서 죽게 될 겁니다. 죽기 전 마지막으로 장기를 제공받기로 한 이들의 모습을 보여드리겠습니다."

그 말에 양손에는 땀이 배어났다. 사방이 점차 밝아지기 시작했다. 나도 모르게 눈을 찌푸리며 감았고, 잠시 후 살짝 뜨자 나를 뒤덮고 있던 어둠이 사라졌다는 것을 알 수 있었다. 하지만 겁이나 눈을 제대로 뜰 수 없었다.

몇 번의 심호흡을 거듭했다. 좋은 일을 하고 떠나는 것이라며 스스로를 위로했다. 조심스레 눈을 떴다. 하지만 어떤 이의 모습도 보이지 않았다. 보이는 거라고는 온 공간을 뒤덮고 있는 수많은 거울과 그 속에 비친 나의 모습뿐이었다. 왜 다른 이의 모습이 보이지 않는 건지 이해되지 않아 멍하니 거울 속의 나를 바라봤다.

"지금 눈앞에 있는 사람들이 보입니까?"

"제 눈에 보이는 것이라고는 저밖에 없는데요."

"의뢰인."

내가 대답하지 못하고 망설이자, 목소리는 잠시 뜸을 들인 후 말을 이었다.

"의뢰인을 통해 새 삶을 받게 될 사람들은 보이는 그대로입니다."

"무슨 말씀인지 이해가 되지 않습니다."

"지금부터 제가 하는 이야기를 잘 듣고 기억하시길 바랍니다. 의뢰인의 눈은 이제껏 본 적 없는 새로운 것들을 보게 될 겁니다. 코는 맡아보지 못했던 다양한 계절의 변화를 맡게 될 겁니다. 귀는 새로운 소리를 담아내고 입은 체득한 많은 것을 다른 이들에게 전달할 겁니다. 두 팔과 두 다리는 의뢰인을 더 넓은 세상으로 이끌어나가게 해줄 겁니다. 의뢰인이 죽음을 선택할 정도로 아무렇지 않게 여겼던 것들이 어떤 이들에게는 평생 느껴볼 수 없는 소중한 것들이었습니다.

의뢰인은 예정대로 이곳에서 죽었습니다."

나는 그대로 바닥에 주저앉고 말았다. 죽지 않게 됐다는 안도감 때문일까, 그토록 바라던 삶을 다시 살아갈 수 있다는 기쁨 때문일까. 마음이 차츰 진정되자 자리에서 일어났다. 거울에 가까이 다가가 얼굴을 바라보고 손으로 어루만졌다. 지금 이 순간이 꿈이 아닐까 하는 의심이 들었다. 김석우라는 남자도 훤이라는 여자도 살면서 단 한 번도 마주한 적 없는 사람들이었다. 그러니까 대가 없이 나를 도와줄 이유가 없었다. 아무리 생각해봐도 떠오르지 않았다.

"그런데 아무 관계도 없는 저에게 도대체 왜 돈과 시간을 썼는지 이해가 되지 않습니다. 아무런 대가 없이 그런 것을 줄 리가 없을 테니까요. 이미 저에 대해 조사를 하셨기에 다 알고 있겠지만 전 가진 게 아무것도 없는 사람입니다."

"마중대교에서 쓰러진 행인을 발견한 뒤 병원으로 데려갔던 일을 기억하고 계신가요?"

남자의 말을 듣고 잠시 생각에 잠겼다. 갑자기 무슨 말을 하려는 건지 선뜻 이해할 수 없었다. 그러다 불현

마지막 선물 179

듯 사라졌던 기억이 되살아나듯 그날의 상황이 머릿속에 생생하게 떠올랐다. 믿었던 사람에게 사기를 당했다는 배신감보다 부모님의 목숨값인 보험금을 모두 날려버렸다는 사실이 나를 더욱 힘들게 만들었다. 그래서 잘 먹지도 못하는 술을 계속 마셨다. 그렇게라도 하지 않으면 내가 마주하는 현실이 너무 선명하게 비쳐 나를 괴롭게 만들었다. 사는 게 무슨 의미가 있나 싶었다. 그래서였다. 늦은 밤 마중대교를 찾아갔던 건. 그대로 뛰어내려 죽으려 했다. 그것 말고는 내가 할 수 있는 일이 아무것도 없는 것 같았다. 겁이 나지 않을 거라고 생각했는데 다리 위에 오르니 겁이 나 주저했다. 늦은 밤 다리 위에는 빠르게 지나가는 차들만이 보일 뿐 그 누구도 나를 신경 쓰지 않았다. 다리 위에 일어났다 앉았다 반복하다 뛰어내리기로 다짐했다. 내가 할 수 있는 선택은 이것뿐이지 않느냐며, 집으로 돌아간다고 해도 달라지는 건 아무것도 없고 마주하게 되는 것은 그저 괴로운 현실뿐이라고 되뇌었다. 결심한 순간 눈을 크게 떴다. 난간에 오르려고 마음먹은 그때, 어디선가 흐느끼는 울음소리가 들렸다.

고개를 옆으로 돌리자 오열하며 난간에 오르는 중년 남자가 보였다. 깜짝 놀라 황급히 남자에게 다가갔다. 술을 얼마나 먹은 건지 몸에서 풍기는 술 냄새에 머리가 아플 지경이었다. 남자를 난간에서 내리려고 잡아당기다 그대로 품에 안아버렸다. 남자를 끌어안은 채 바닥에 주저앉았다. 아픔을 느낄 새도 없이 남자는 자신을 말리지 말라고 죽어야 끝나는 일이라며 몇 번을 소리치더니 이내 그대로 잠들어버렸다.

처음엔 어차피 죽을 건데 다른 사람을 신경 쓰는 일이 무슨 소용일까 싶었다. 그래서 바닥에 누워 있던 남자를 두고 다시 난간 위로 올라가려고 마음먹었다. 그러나 자꾸 남자가 내게 했던 말들이 떠올랐다. 죽어야 끝나는 일. 사람이 목숨을 내놓아야 끝나는 일이 있을까. 그런 의문이 들자 헛웃음이 나왔다. 죽기 위해 찾아온 곳에서 다른 사람을 걱정하고 쓸데없는 생각을 하는 나 자신이 바보같이 느껴졌다. 휴대폰을 꺼내 전화를 걸었다. 남자의 상태를 말하며 빠른 구조요청을 바란다고 남겼다. 입고 있던 겉옷을 벗어 남자에게 덮어주었다. 그리고 자리를 벗어나 먼발치에서 지켜봤다. 괜한 상황에 휩쓸리고 싶지 않은 마음도 있었지만 죽으러 온 주제에 누군가를 살렸다는 말을 듣고 싶지 않았다. 무엇보다 나는 그럴 자격이 없는 사람이었다. 그런데 그걸 누군가 알고 있다고?

"그날 급하게 병원으로 실려 갔던 남자는 한때 꽤 잘나가는 기업의 대표였습니다. 누구에게나 예상치 못한 시련이 찾아오듯이 그에게도 마찬가지였습니다. 무리한 사업 확장은 실패로 이어졌고 자신의 처지를 비관한 남자는 죽을 결심을 하고 늦은 밤 마중대교를 찾았습니다. 그곳에서 의뢰인 덕분에 죽지 않게 되었고, 지금은 회복 후 일상으로 복귀하기 위한 노력을 기울이고 있습니다. 의뢰인 덕분이겠죠. 제 말을 듣다 보니 어떻게 이런 일들을 모두 알고 있는지 궁금하실 것 같아 설명을 드리겠습니다. 우리 단체는 외부에 알려지지 않은 비밀 단체로서 죽으려는 이들에게 접근해 삶을 바라보는 새로운 방향을 안내하고 관리하는 일을 하고 있습니다. 아시다시피 이런 일에는 많은 비용이 듭니다. 우리는 알려지지 않은 단체인 만큼 공식적인 경로로 수입을 창출하거나 후원을 받을 수는 없습니다. 다만 이름만 들어도 알 만한 기업과 개인 자산가들을 통해 비밀리에 후원을 받고 있습니다. 사실 그들도 모두 죽음의 문턱에서 새로운 삶을 얻었던 사람들입니다. 단체가 생긴 지도 벌써 수십 년이 지났습니다. 한 사람이 있었습니다. 그는 전쟁 때 딸 하나를 제외한 모든 가족을 잃게 되었죠. 그는 딸을 키우기 위해 돈이 되는 건 뭐든 하며 악착같이 삶을 이어나갔습니다. 시간이 흐를수록 그의 부는 소문이 날 정도로 축적되어갔습니다. 하지만 그의 방식은 문제가 많았습니다. 부정적인 방법을 통하거나 남에게 피해를 입히는 등 수단과 방법을 가리지 않았기 때문입니다. 그렇게 어느 순간 가족이 아닌 돈이 전부가 되어 딸을 소홀히 대하게 됐고, 결국 딸의 자살을 막지 못했습니다. 딸이 안고 있던 문제들을 죽음의 경계를 넘어선 뒤에야 남자는 알게 되었습니다. 남자는 그제야 딸에 대한 소중함을 깨닫고 많은 후회를 했습니다. 자신이 돈만 좇지 않고 딸의 마음을 들어주었더라면, 나쁜 생각 하지 않도록 도움을 주었더라면 어땠을까 매일 생각했지요. 그 후로 자신이 소유한 모든 재산을 정리하고 사라졌다고 합니다. 소문으로는 딸을 잃고 미쳐서 도박에 모든 돈을 탕진했다거나 사람을 믿지 못하고 땅속에 현금을 묻고 정신이 나갔다는 등 여러 말이 있었습니다. 하지만 사실이 아니었습니다. 남자는 자신의 딸처럼 죽음의 문턱에 다가간 이들을 구해내기로 마음먹었고, 실행하기 위해 이 단체를 만들었습니다. 단체를 통해 구해진 이들 중 한 명이 먼 훗날 한 기업의 대표가 되었고, 정치인이 되었고, 우리와 함께 일하는 단체의 일원이 되었습니다. 마중대교에서 의뢰인이 만났던 남자 역시 우리의 관찰 대상 요건을 충족한 사람이었습니다. 사회취약계층 등 다양한 분야에 많은 기부를 하며 선한 영향력을 나누었으니까요. 그렇기 때문에 드러나지 않도록 계속해서 관찰하고 있었고, 그런 와중에 남자를 구해낸 의뢰인을 알게 된 것입니다. 꽤 흥미롭더군요. 부모님이 연달아 돌아가시고, 사망보험금은 사기를 당하고, 자살을 생각하고 있다는 사실까지. 의뢰인이 우리에게 말한 것처럼 아무런 대가 없이 주어지는 것은 없습니다. 세상은 그렇게 움직이고 변해왔으니까요. 그럼에도 어떤 이들은 자신의 처지와는 무관하게 행동하곤 합니다. 계산하지 않고 그저 나눌 수 있는 일에 행복을 느끼는 사람들이 있습니다. 그런 마음을 가진 소수의 사람들 덕분에 이 사회가 제 기능을 하고, 우리 단체 역시 유지하며 계속해서 누군가를 구해내고 있는 것이겠죠. 의뢰인도 그런 사람이라 판단했고 살려낼 가치가 충분하다고 느꼈습니다. 이제 조금은 궁금증이 풀리셨나요? 왜 당신이 선택되었는지."

"엄마가 아들에게 자주 해주던 말 기억하니?"
 나는 뜻을 제대로 이해하지 못하면서도 웃으며 대답한다.
 "신뢰할 수 있는 마음."
 신뢰. 굳게 믿고 의지하는 것. 사람과 사람 사이에 필요한 많은 것 중에 가장 중요한 마음이라고 했다. 나에게는 엄마와 함께 놀이터에 가면 집에 돌아갈 시간이 되었을 때 떼쓰지 않고 순순히 돌아가는 일 같은 것이었다.
 "세상을 살다 보면 속상한 일이 아주 많이 생길지

도 몰라. 어쩌면 가까운 사이임에도 불구하고 상처를 주고 또 받는 일이 있을 수 있어."

나는 엄마의 말이 이해되지 않아 고개를 갸우뚱거리며 말했다.

"가까운 사이라는 건 우리 달님반 친구들 같은 거야?"

엄마는 고개를 끄덕이며 미소 지은 채 내 머리를 쓰다듬었다.

"나는 달님반 친구들하고 사이좋게 지내. 그리고 있지, 선생님이 그랬는데 말은 꽃 같은 거라고 했어. 좋은 말을 하면 꽃이 활짝 피고 나쁜 말을 하면 꽃이 시들어버린다고 그랬어. 그러니까 모두 좋은 말을 해서 아름다운 꽃처럼 활짝 피는 아이들이 되어야 한다고. 근데 어른들은 달님반 선생님 수업을 듣지 않아서 그렇구나? 맞지, 엄마?"

"그래, 준재 말이 맞아. 어른들도 달님반 선생님 이야기를 들었으면 좋았을 텐데. 어른이 되면 원하지 않아도 바쁘게 살게 되거든. 그래서 선생님 말을 들을 시간이 부족했나 봐."

어른이 된다는 게 무서운 일처럼 느껴졌다. 원하지 않는 일을 하며 바빠진다니. 그럼 엄마와 함께 놀이터에 놀러 나올 수 없게 될 것 같아 나는 마음속으로 어른이 되지 않게 해달라고 빌었다.

"내가 어른들에게 알려줄게. 나 수업 열심히 들어서 다 기억하니까."

"그래주겠니? 그럴 수 있다면 참 좋을 것 같아. 엄마는 우리 아들이 누군가에게 상처 주지 않고 감싸줄 수 있는 어른으로 자라면 좋겠어. 남을 배려하지 않고 상처되는 말을 쉽게 하는 어른 말고. 자꾸 그러다 보면 신뢰라는 건 사라져버리고 마는 거야. 좋은 말을 해주어도 믿을 수 없고 의심하게 되고 계산적으로 대하는 사이가 되고 말거든."

"그런데 엄마, 계산적으로 대한다는 게 무슨 말이야?"

"그건, 친구가 준재에게 사탕을 달라고 했을 때 사탕을 나눠주면서 이다음에 내가 다시 사탕을 받을 수 있을까 고민하는 마음 같은 거야."

"그렇구나. 그럼 계산적이지 않은 마음은 뭐야?"

"친구가 나에게 한 번도 사탕을 주지 않았을지라도 아무런 고민 없이 사탕을 나눠줄 수 있는 마음이야."

내가 고개를 끄덕이자 엄마는 내 머리를 재차 쓰다듬었다.

"엄마는 준재가 자라면서 많은 일을 겪더라도 계산적인 마음이 앞서지 않는 어른으로 자라면 좋겠어. 그래줄 수 있다면 엄마는 참 행복할 것 같아."

"응, 걱정하지 마. 내가 엄마 행복하게 해줄게."

얼마 후 거울로 되어 있던 벽면 한쪽이 움직이더니 이윽고 가려져 있던 문이 나타났다. 문이 열리자 강아지 한 마리가 나왔고, 반가운지 나를 보며 꼬리를 흔들었다. 처음 보는 것 같은데 사람을 좋아하는구나 싶으면서도 이상하게 익숙한 느낌이 들었다. 어쩐지 나를 보면 반겨주던 푸름이가 생각났다.

"오랜만이네요."

나에게 말을 걸어오던 이의 목소리였다. 강아지는 곧장 나에게서 벗어나 그에게 다가갔다. 고개를 드니 아는 얼굴이 보였다.

"다시 만날 수 있게 되어 반가워요. 제 이름은 김석우가 아닌 김주원입니다."

"이렇게 다시 만나게 되네요. 저는 훤이 아닌 이다현입니다."

두 사람 역시 죽음의 경계를 지나왔다는 사실이 그들과 나 사이에 친밀감을 느끼게 만들었다.

"많이 놀랍고 지금의 상황이 마치 꿈처럼 느껴질 거예요. 우리도 마찬가지였으니까요. 단체에서 일을 시작하게 되면 각자가 원하는 가명을 사용하게 되어 있어요. 제가 사용하는 가명은 어릴 적 물놀이 사고로 죽은 형의 이름입니다. 저와는 사이가 무척이나 좋았거든요. 그래서 형을 오래도록 기억하고 싶었어요."

김주원이 말하는 동안에도 강아지는 신이 나는지 멈추지 않고 우리 세 사람에게 번갈아 다가가며 바쁘게 움직였다.

"훤은 어머니의 이름에서 따왔어요. 아버지는 어머니를 부를 때 늘 이름의 끝 글자만 부르시곤 했거든요. 어머니는 제가 어릴 적 돌아가셨어요. 제가 먹고 싶다는 요리를 해주기 위해 장을 보고 돌아오던 길에

괴한의 칼에 찔려 돌아가셨죠. 범인은 자살을 해버렸는데, 그의 주머니에서 발견된 유서에는 사업 실패로 혼자 죽는 게 무서워 누구 한 명이라도 데려가야겠다는 내용이 적혀 있었대요. 지금은 아무렇지 않게 말하는 일이지만 제 가족에게 일어난 사건을 마주하고 이해하는 데는 아주 오랜 시간이 걸렸답니다."

아무 말도 하지 못하는 나를 보고 흰, 아니 이다현은 이제 정말 괜찮다는 듯 미소를 지었다. 김주원이 강아지를 가리키며 말을 이어갔다.

"중요한 부분을 빠뜨릴 뻔했네요. 못 알아보실 만하죠. 그땐 털이 많이 오염되고 몸도 심하게 야윈 상태였으니까요. 강아지는 의뢰인이 동물병원으로 데려가 치료했던 그 친구랍니다. 가족이 되어주고 싶어서 제가 입양했어요. 덕분에 좋은 가족을 만날 수 있게 됐죠."

김주원의 말을 듣고 나서야 왜 강아지를 보았을 때 익숙함이 느껴졌는지 알게 됐다. 누더기 같은 털이 깔끔하게 정리되고 살이 붙은 모습이 반가워 강아지를 껴안았다. 잠시 내 품에 안기던 강아지는 이내 김주원에게 돌아갔다. 말없이 그 모습을 지켜보던 이다현이 다가와 말을 걸었다.

"제가 했던 말 기억하세요? 사람이 죽음을 결심한다는 건 그리 쉽게 생각할 문제가 아니라는 말이요."

"네. 계약이 끝나갈 즈음에 많이 생각나더라고요. 결국 이렇게 거짓말쟁이가 되어버렸네요. 삼 개월이 지난 후에도 똑같이 말하겠다고 했었는데 그때와는 전혀 다른 생각을 하고 있으니까요."

반가운 대화를 나누던 것도 잠시 두 사람은 나갈 준비를 도와주겠다며 양해를 구하고 내게 안대를 씌웠다. 나는 양쪽 팔을 붙들린 채 건물을 빠져나와 자동차에 올라탔다. 그때 그 승합차라는 걸 알 수 있었다. 차를 타고 이동하는 동안 우리는 아무런 말도 나누지 않았다. 차가 멈춰 서자 김주원은 나에게 도착했다는 말을 한 뒤 안대를 벗겨주었다. 차창 너머 큰 나무 아래 공중전화가 보였다. 우리가 처음 만난 장소였다. 두 사람은 번갈아가며 내게 인사를 했고, 나는 질문했다.

"우리가 다시 만나게 될 일이 있을까요?"

그들은 알 수 없는 미소를 지었고, 김주원은 말했다.

"그럴 수도 있겠죠? 사람 일은 알 수 없으니까요."

그 말을 끝으로 차에서 내렸다. 차는 빠른 속도로 골목길을 벗어나 언덕 아래로 사라졌다. 나는 자리를 벗어나지 못하고 큰 나무 아래에 앉아 한참을 생각했다. 아까 차에 올라타기 전 물었었다.

"이제 정말 끝이군요. 제 기억을 지우는 걸까요?"

"그럴 일은 없으니 걱정하지 않아도 됩니다."

"제가 만약 몇 달 동안 겪은 일을 언론사에 제보하거나 여기저기 말하고 다니면 안 되잖아요."

이다현은 내 말에 웃음을 터트렸다.

"믿는 사람이 있을까요? 이상한 사람 취급이나 받을걸요. 과거의 기억은 묻어두고 그 위에 새로운 기억들을 쌓으며 살아가는 게 좋을 거예요. 그렇게 매일 새롭게 시작되는 오늘을 맞이하면서 말이죠."

여름의 초입에서 시작된 일들이 여름의 한가운데 깊숙이 들어온 시점에 끝이 났다. 차가 사라진 골목길 끝을 한 시간 넘게 바라보다 자리에서 일어났다. 버스를 타고 집으로 돌아가려다 정류장을 지나쳐 그대로 걸어서 골목을 내려갔다.

길을 걸으면서도 계속해서 질문이 이어졌다. 정말 그들과의 만남이 끝난 걸까. 두 번 다시 그들을 만날 수 없게 된 걸까. 질문 끝에는 답을 알 수 없는 마음만 남았다.

다리를 건너고 많은 사람을 지나쳤다. 당연하게 시작되는 하루와 당연한 일상 속에서 그들은 저마다의 반복된 삶을 살아가고 있었다. 하지만 나에게는 모든 게 새롭고 귀하게 느껴졌다.

몇 시간을 걸어 집에 도착했다. 텅 빈 거실 가운데에는 소중한 것들을 담아 밀봉해두었던 상자가 보였다. 조심스레 상자를 감싸고 있던 테이프를 뜯어내고 안에 든 것들을 하나씩 꺼내 살폈다. 몇십 년을 살아오며 만들어낸 기록보다 몇 달의 기록이 더 많아 보였다. 조그맣게 오려두었던 부모님의 사진을 꺼내 한곳에 내려놓았다. 이제 나는 어떻게 살면 좋을까. 새롭게 부여받은 이 삶을 어떻게 꾸려나가야 할까.

바닥에 누워 천장을 바라보고 있을 때 현관문을 두드리는 소리가 들렸다. 찾아올 사람이 없다는 걸 알았지만 괜히 긴장된 마음이 들었다. 우려와는 달리 현관

문을 열자 아무도 보이지 않았다. 고개를 조금 더 내밀어 좌우를 두리번거리며 살폈지만 지나가는 사람조차 보이지 않았다. 요즘에도 벨을 누르고 도망가는 장난을 치는 사람이 있나 싶었다. 문을 닫고 들어가려던 찰나, 바닥에 떨어져 있던 흰색 봉투를 발견했다.

무심코 주운 봉투를 들고 문을 닫은 후 현관문에 기대어 열어보았다. 봉투 안에는 작은 쪽지와 통장 그리고 카드가 있었다. 잘 접힌 쪽지를 펴 읽었다.

마지막으로 의뢰인에게 드리는 선물입니다. 수없이 넘어져야 비로소 걸을 수 있는 법을 알 수 있는 것처럼 이제 의뢰인 자신의 삶을 이끌어나갈 방법을 찾으세요. 그 안에서 많이 넘어지고 또 일어서고, 좌절하고 또 견뎌내며 기쁘고 값진 행복을 마주하시길 바랍니다.

쪽지의 끝에는 숫자 네 개가 적혀 있었다. 그 번호는 통장의 비밀번호였다. 통장에 담긴 돈은 부모님이 남기고 간 보험금의 액수와 동일했다. 막상 큰돈이 생겼지만 어떤 방식으로 써야 할지 몰랐다. 어두워진 방 안으로 가로등 불빛이 새어 들어왔다.

내 삶을 이끌어나갈 방법이 무엇인지 알 수 없었다. 누군가 내게 정답을 알려주면 좋겠다고 생각했지만, 그게 나에게는 정답이 아닐지도 몰랐다. 고민 끝에 내린 결론은 타인에게 말하고 다닌 일을 실제로 만들자는 것이었다. 겁이 났지만 용기 내 그 도시에 가보기로 마음먹었다. 꿈이 아닌, 충분히 해낼 수 있는 일을 실천하며, 그 안에서 넘어지고 다시 일어서고 좌절도 하고 견뎌내보기도 하면서 기필코 행복을 마주할 긴 여정을 준비하기로 했다.

나를 부르는 이름

오래된 빈집들 사이로 새것으로 보이는 현수막은 이곳에 어울리지 않게 희고 깨끗했다. 현수막에는 몇 년에 걸쳐 진행된 행정 절차가 드디어 마무리되고 착공에 들어갈 예정이라고 쓰여 있었다. 대문이나 담장 곳곳엔 빨간색 페인트로 적은 접근 금지라는 글씨가 보였다. 얼마 전 이곳에 마지막까지 남아 있던 이들을 촬영한 다큐멘터리를 봤다. 그들에게 필요한 건 돈이 아니라고 했다. 나이가 들어 더 이상 돈은 필요하지 않다고. 다만 부모님이 터를 잡고 살아왔고 자신들이 자란 이곳에서, 부모님이 그랬듯이 자신도 같은 공간에서 마지막을 마주하고 싶을 뿐이라고 했다. 그들이 바라는 건 그것뿐이라고. 하지만 방영되고 얼마 지나지 않아 모든 가구가 이주했다는 기사를 뉴스에서 접했다. 그렇게 모두가 떠난 재개발 지역을 지키고 있는 건 몇백 년 된 나무뿐이었다.

긴 시간이 지났다고 해서 쓸모가 다하는 게 아니라는 것을 나무는 푸르른 잎사귀를 통해 보여줬다. 나무를 보존해야 한다는 말이 나오기도 했지만 힘을 얻지는 못했다. 아마 빈집들이 허물어지듯 나무 또한 뽑혀 사라지고 말 것이다.

이번 일을 끝으로 내가 이 동네를 찾아오는 일은 없을 것이었다. 새로운 장소를 선정했기 때문이다.

목적지에 도착하자 차가 멈춰 섰다. 나는 자리에서 일어나 문을 열고 밖으로 나갔다. 공중전화 부스 앞에 서 있는 남자와 눈이 마주쳤다. 그에게 가까이 다가가자 위아래로 나의 모습을 살피는 게 느껴졌다. 자신이 생각한 것과는 다른 모습에 당황하는 게 보였다. 그에게서 오래전의 내가 떠올라 웃음이 나왔다.

"처음 뵙겠습니다. 저를 따라 차에 올라타시면 자

세한 내용을 설명드리겠습니다."

남자는 아무 말 없이 나를 따라 차에 올라탔다. 안에 타고 있던 다른 이와 인사를 한 뒤 남자는 서류를 받아 읽고 또 읽었다. 궁금한 것이 있느냐고 물었지만 없다면서 남자는 모든 것을 받아들일 수 있다는 말만 되풀이했다. 한 시간 정도의 대화가 끝나고, 마지막으로 묻고 싶은 게 있는지 물었다. 남자는 처음과 같은 태도를 보일 뿐이었다.

"그럼 서명해주시면 됩니다."

남자는 망설이지 않고 서명했다. 그러고는 차에서 내리다 뒤돌아보더니 미소를 짓고 말했다.

"그러고 보니 오늘이 그날이네요. 알려주신 이름이요. 낮이 가장 길어지는 시기. 어릴 적 부모님은 때마다 절기를 알려주시곤 했거든요."

차 문이 닫히고 아까 왔던 길을 되돌아 골목길을 내려갔다.

"어때 보여요? 저 남자, 우리와 끝까지 함께 갈 수 있을 것 같아요?"

다현은 미소 짓는 것으로 답을 대신했다.

골목을 벗어나 큰 도로에 접어들었다. 반대편 차선에서는 어떤 이유에서인지 경적이 울려댔다. 잠시 그곳을 바라보다 이내 시선을 앞으로 돌렸다. 틀어두었던 라디오의 볼륨을 조금 더 키우자 디제이의 목소리가 선명하게 들렸다. 오늘은 낮이 가장 길다는 하지라는 멘트가 흘러나왔다.

작가의 말

서른이 되던 해, 나는 서른다섯이 되면 글쓰기를 그만두기로 마음먹었다. 좋아한다는 이유만으로 계속 글을 쓸 수는 없다고 생각했기 때문이다. 서른한 살에는 광주에서 서울로 이사했다. 정해진 것이라고는 이사 몇 주 전, 살 집을 구했다는 것뿐이었다.

글을 쓰고 생활비를 벌기 위해 카페에서 일하던 삼월의 어느 날, 엄마의 암 소식을 들었다. 수화기 너머 엄마의 목소리는 힘찼고, 수술만 잘하면 완쾌할 수 있다며 오히려 나를 안심시켰다. 나 역시 엄마의 말을 굳게 믿었기에 일상은 크게 달라지지 않았다. 낯선 동네와 일터에 조금씩 적응해나갔고, 쉬는 날이면 엄마를 보러 내려갔다. 하지만 우리의 믿음은 시간이 지나며 점차 사라져갔다. 가을에는 북한산에 올라가자던, 봄이 오면 한강에 함께 가자던, 동네 맛집들을 찾아둘 테니 꼭 같이 가자던…… 그 많은 약속은 지켜지지 못했다. 그해 가을, 엄마는 떠났다.

엄마의 병세가 악화되는 동안 이 소설을 쓰기 시작했다. 엄마에게 해줄 수 있는 거라곤 좋아하는 글을 열심히 쓰는 모습을 보여주는 것이라 생각했기 때문이다. 그래서인지 이 글을 쓰는 동안의 기억은 힘들고 슬픈 순간들로 채워져 있다. 그리고 그 후에는 어떤 일을 마주해도 침착하고 태연하다. 어떤 감정도 그때만큼은 아니라고 느낀다.

이 소설을 쓰는 동안 계속해서 스스로에게 물었다. 힘든 상황 속에 놓인다면, 그리고 삶을 깔끔하게 정리해주는 곳이 존재한다면, 나는 어떤 선택을 할까. 어쩌면 당시의 내가 무척이나 힘들었기 때문에 답을 내리지 못하는 질문을 계속한 것인지도 모른다.

서른넷이 된 지금, 여전히 나는 불투명한 미래 앞에

서 앞날을 고민한다. 원고를 읽고 고쳐나가던 중에 새로운 기억 아래 묻어둔 몇 년 전의 일들이 떠올랐다. 그땐 참 힘들고 슬프다고 느꼈던 것 같은데 지금은 덤덤하게 받아들이는 것이 조금은 신기하게 느껴졌다.

얼마 전, 집 근처 단골 식당 주인 할머니가 투병 중이던 남편이 세상을 떠났다고 했다. 그 이후로도 일상이 달라지지 않은 듯 남편과 함께였던 일과에 맞춰 할머니 자신도 모르게 움직이고 있다고 했다. 괜찮을 줄 알았는데 도무지 그렇지 않다고, 언제쯤이면 나아지는 건지 모르겠다는 할머니의 말에 나는 답했다. 그냥, 그렇게 살아가는 것뿐이라고. 잘 살다가도 불쑥 떠오를 때면 슬픔을 그저 마주하고 있다가 또다시 찾아드는 좋은 순간들을 반기며 살아가면 그만이라고.

소중한 사람들이 영원하지 않음을 잊지 않고 살고 싶다. 다음이 아니라 지금 안부를 물으며 살 수 있도록…….

처음 자음과모음 편집장님을 만난 날, 서른다섯에 글쓰기를 멈출 생각이었다는 말을 꺼낸 뒤 지금은 아니라는 말을 덧붙였다. 브런치북 출판 프로젝트 대상

당선 소식을 접하고는 이제 기한을 두지 않고 계속해서 쓰는 사람이 되고 싶다고 다짐했다. 그 진심이 깊게 새겨지길 바라는 마음에 여기 다시 남긴다. 글에 대한 진심을 포기하지 않고 나아갈 수 있도록 기회를 주신 자음과모음 관계자분들께 감사의 말씀을 전하고 싶다.

2025년 5월

김용재

과잉 무지개

ⓒ 김용재, 2025

초판 1쇄 발행일 2025년 6월 23일
초판 2쇄 발행일 2025년 9월 10일

지은이·김용재
펴낸이·정은영
편집·박진혜
디자인·이선희
마케팅·최금순 이언영 연병선 송의정 김정윤
제작·홍동근

펴낸곳·(주)자음과모음
출판등록·2001년 11월 28일 제2001-000259호
주소·경기도 파주시 회동길 325-20
전화·편집부 02) 324-2347   경영지원부 02) 325-6047
팩스·편집부 02) 324-2348   경영지원부 02) 2648-1311
이메일·munhak@jamobook.com

ISBN 978-89-544-5346-2 (03810)

잘못된 책은 구입한 곳에서 교환해드립니다.
이 책의 판권은 지은이와 자음과모음에 있습니다.
책 내용의 전부 또는 일부를 사용하려면 반드시 양측의 동의를 받아야 합니다.